novum premium

Xavier Stalder

Kein Pardon auf Montmajour

Curriculum eines mittelalterlichen
Miniaturenmalers

novum premium

Bibliografische Information
der Deutschen Nationalbibliothek:

Die Deutsche Nationalbibliothek
verzeichnet diese Publikation in
der Deutschen Nationalbibliografie.
Detaillierte bibliografische Daten
sind im Internet über
http://www.d-nb.de abrufbar.

ISBN 978-3-903067-19-6
Lektorat: Stefanie Krüger
Umschlagfoto:
Canicula | Dreamstime.com
Umschlaggestaltung, Layout & Satz:
novum Verlag

Gedruckt in der Europäischen Union
auf umweltfreundlichem, chlor- und
säurefrei gebleichtem Papier.

www.novumverlag.com

für
Georgina

AD UNUM:

Es ist ein Morgen wie viele andere, die Hanno im Skriptorium des Franziskanerklosters zu Parma verbringt. Die Schreiber, junge Mönche mit bleichen Gesichtern und feinen Händen, sitzen immer bereits über ihrer Arbeit, wenn er eintritt und sich an den Lehrlingsplatz setzt. Kaum hat er die zwei Filzkeile unter seine wackelige Holzbank geschoben, nähert sich der Aufseher der Schreibstube seinem Tischchen und weist ihm das heutige Übungspensum zu. Frater Custos ist ein geduldiger Lehrmeister. Wenn Hanno zappelig zu werden droht, legt er ihm den Zeigefinger auf die grobe Hand und führt mit sanftem Druck die Feder des Zöglings über das weiße Blatt. Jetzt passiert es ihm kaum mehr, dass er in ungeduldiger Eile den Papyrus durchsticht, sodass die geübten Kopisten ihn mit verächtlichen Blicken eindecken. Ihn, den Bauerntölpel, den weiß der Teufel, wer vom nahen Pächterhof in die Schreibstube des Klosters geholt hat.

Ja, die Arbeit auf dem Hof lag dir besser, Hanno. Im Stall konntest du mit den Kühen reden, dich an ihre warmen Bäuche drücken, wenn es kalt wie im letzten Winter war, sie bei einem Horn fassen und leise ihre Namen in die rosaroten Muschelohren flüstern. Lioba und Arna, Marina und Aja, sie hoben die schweren Köpfe und trotteten dir entgegen, wenn du auf der Weide ihren Namen riefst. Und wen ruft der Statthalter beim Namen, wenn ein einzelner Graf oder Herzog dem Kloster einen unerwarteten Besuch abstattet? Dich, Hanno, den Pächtersbuben! Du hilfst dem hohen Herrn aus dem Sattel, führst sein Pferd sogleich an den Brunnen zur Tränke, ziehst das Zaumzeug vom Rücken, hängst dem müden Ross den Hafersack um den Hals, befreist es mit einem nassen Schwamm vom Straßenstaub, reibst das Tier mit dem Wolllappen trocken und schüttest ihm im Stall neues Stroh auf.

Nach einem halben Jahr – es ist wieder einer jener heißen Sommer, der die Flüsse zu Rinnsalen macht und die Rinde der spröden Olivenbäume noch weiter aufspringen lässt – sitzt Hanno bereits auf einem bequemen Schreiberstuhl vor dem erhöhten Pult, das an seinem Stuhl befestigt ist. Viel früher, als man es seinen groben Händen zugetraut hätte, hat er gelernt, die angespitzte Gänsefeder mit den drei Fingern so ruhig zu halten, dass sie gleichmäßige Haar- und Schattenstriche ausführt, ohne abzugleiten oder einen Tintenfleck zu hinterlassen. Dabei muss er die Rechte nicht auf dem Blatt abstützen, wie es noch jene Novizen zu tun pflegen, die ihn bei seinen Anfangsschwierigkeiten als ungeschickten Bauernlümmel verspottet hatten.

Jetzt sieht er mit Genugtuung, wie Frater Custos seine Spötter immer wieder darauf hinweisen muss, sie würden mit der Hand das Pergamentblatt beschmutzen. Ja, Hanno schreibt nicht nur freihändig, auch seine linke Hand berührt den Bogen nicht. Zudem hat er gelernt, den Federkiel mit dem Federmesser kunstgerecht nachzuschneiden. Einst war er gar in der Abenddämmerung in den klösterlichen Gänsestall eingedrungen, um sich ein eigenes Original für seine Schreibkunst zu verschaffen. Die Gänsefeder hat er zwar erwischt, aber die bestohlene Gans hat ihn an der linken Hinterbacke zu schnappen bekommen. Eine Woche lang saß er so halbseitig vor seinem Schreibpult, dass es dem Frater Custos auffallen musste. Schon am Morgen darauf fragte er nach dem Grunde dieser merkwürdigen Sitzposition.

Als Hanno den Federklau gestanden hatte, meinte der Frater nur, er mache aus dem *puer podex* bald einen *puer codex*. Hanno verstand das Wortspiel nicht, aber seither durfte er seine immer präziser werdenden Schreibübungen auf Pergamentblättern machen. Nicht auf perfekten Pergamentbögen natürlich, sondern jeweils auf einem Blatt, das bei der Herstellung einen Riss bekommen oder einen solchen schon vorher hatte. Das Franziskanerkloster von Parma war nicht so reich wie das benachbarte Benediktinerkloster und war für den Kauf von Pergament auf Gönner angewiesen.

Im Laufe eines Jahres ist Hanno vom Pferdejungen zu einem perfekten Scriptor geworden. „Er hat eine geschickte Hand und einen praktischen Kopf", sagte der Schreibstubenaufseher zum Abt. „Ich würde ihm gerne das Abschreiben eines größeren Werkes übergeben." „Ja, kann er denn Latein?" „Nicht eigentlich", erwiderte Frater Custos seinem Klostervorsteher, „er kennt schon recht viele Wörter, aber sie sind ihm noch nicht zum Begriff geworden, und von Grammatik will er nichts wissen. Aber um eine größere Handschrift gewissenhaft zu kopieren, braucht er weder lateinische Grammatik noch lateinische Stilistik. Er ist einfach der beste Schreiber, den ich momentan im Skriptorium habe." „Bene", schloss Abt Bonifatius die Unterredung, „*audeamus*, wir wollen es wagen!"

Warst du nicht am meisten erstaunt, Hanno, als dir dein Lehrmeister und Magister das Amt eines offiziellen Chronik-Kopisten übertrug? Du fuhrst ein paarmal mit den Fingern durch dein rötlich-blondes Haar, wie du es immer machst, wenn dich etwas stark beschäftigt. Und weil du den Kopf gesenkt hieltest und die Augen auf den Strick gerichtet waren, der die Franziskanerkutte des Custos in der Mitte zusammenhielt, konntest du es nicht sehen. Du konntest nicht sehen, wie die jungen, aristokratisch bleichen Schreibermönche noch bleicher wurden, als Frater Custos in feierlicher Geste die lateinische Chronik des Salimbene de Adam auf dein Pult legte. Und weißt du noch, dass dich deine Conscriptores in den folgenden Wochen keines Blickes mehr würdigten? Das hat ihnen übrigens eine Strafzeit eingetragen, als sie nach dem Noviziat definitiv in die Mönchsgemeinschaft aufgenommen werden wollten. Aber das hast du erst lange Zeit später erfahren.

AD SECUNDUM:

Hanno hütet die Chronik des Salimbene wie das heilige Sakrament. In den ersten Stunden nach seiner Einsetzung als Hauptkopist nimmt er das Buch fort und fort in beide Hände, hebt es empor, schätzt sein Gewicht, dreht es um, besieht sich Buchdeckel und Buchrücken, streicht mit der Hand über das feine Hirschleder, mit dem die Holzdeckel überzogen sind. Das muss ein ganz kostbarer Codex sein, den man nicht einfach in Ziegen- oder Schafsleder einhüllen wollte. Sachte dreht er den Handteller seiner Rechten über die messingenen Eckbeschläge und befühlt die Nägelköpfe, die an den Ecken in die Deckel eingeschlagen sind, damit der kostbare Einband nicht mit der Unterlage in Berührung kommt.

Weißt du denn nicht, Hanno, dass Salimbene einer der berühmten Söhne Parmas war, der stolzesten Stadt an der Via Aemilia? Haben dir die Franziskaner von Parma nicht von ihm erzählt? Dass er als Chronist mit Päpsten und Kaisern verkehrte und die Geschichte Italiens in diesem Buch aufgeschrieben hat? Und dass er vor zwei Jahren im Franziskanerkloster der Nachbarstadt Reggio gestorben ist?

Aber vielleicht haben sie es dir verschwiegen, weil sie wussten, dass Salimbene sich wohl noch im Nischengrab umdrehen würde, wenn er sähe, dass man dich zum Kopisten seiner Chronik bestimmt hat. Er war nämlich ein sehr selbstbewusster Sohn des edlen Geschlechts der De Adam. Ein De Adam beachtet die kleinen Leute nicht und misstraut als Patrizier von Parma zum Beispiel den plebejischen Bolognesen. Er hätte auch dich nicht geliebt, Hanno, und den Rossknecht sicher nicht in die klösterliche Schreibstube geholt.

Ehrfurchtsvoll öffnet Hanno den Lederband. Sorgfältig löst er den schmalen Verbindungsstreifen am Buchdeckel aus der metallenen Halterung.

CHRONICA FRATRIS SALIMBENE
DE ADAM ORDINIS MINORUM

liest er über dem vergilbten ersten Pergamentblatt. In seinem Lehrlingsjahr hat der 14-Jährige nicht nur lesen gelernt, er hat sich auch die Bedeutung mancher lateinischer Wörter fest im Kopf eingeprägt. Der Rotschopf hat wirklich ein erstaunliches Gedächtnis, wie Leute es haben, die ihr Leben naturnah und in einfacher Umgebung verbringen. Manchmal findet er auch den Sinn ganzer Sätze heraus, jedenfalls, wenn darin verschiedene bekannte Wörter vorkommen.

Aber irgendwie ist der begeisterte Scriptor jetzt doch enttäuscht. Er hat erwartet, dass ein so wichtiges Werk mindestens mit einem farbigen, großen Anfangsbuchstaben beginnt, wie er es bei jenem Buch gesehen hat, aus dem beim gemeinsamen Essen im Refektorium jede Woche ein anderer Novize vorliest. Aber wie er nun langsam den ersten Satz gelesen hat, fährt er sich mit den Fingern durchs dichte Stoppelhaar. Das versteht er ja.

Amodo incurrimus verba inculta et rudia et grossa et superflua, quae in multis locis grammaticam non observant. Da beklagt sich also der Chronist, dass sein Vorgänger in unkultivierten, rüden, groben und überbordenden Worten geschrieben habe. Und was Hanno besonders auffällt: Auch dieser frühere Autor hatte wie er, der ungebildete Schreiber, offenbar keine Ahnung von lateinischer Grammatik.

Auf dem zweiten Blatt fallen ihm die Städtenamen auf. Von Cremona und Pavia ist die Rede, von Brescia und Piacenza und von Bogenschützen aus Lodi. Offenbar geht es da um Streit oder gar Krieg unter den genannten oberitalienischen Städten. Jedenfalls wird auch der berühmte *carroccio* von Mailand erwähnt. Davon hat schon jedes Kind in Oberitalien gehört oder den eisenbeschlagenen Karren gar bei einer Siegerparade selber gesehen. Es ist wahrlich ein prachtvoll ausgestatteter Kampf- und Fahnenwagen, mit dem die übermütigen Mailänder in jeden Krieg ziehen. Nur einmal haben sie ihn verloren, als nämlich der Kriegselefant des Kaisers Friedrich II. unversehens dem Mailänder *carroccio* gegenüberstand und mit seinem hölzernen Turm auf dem

Rücken weit über diesen hinausragend das Mailänder Heer in Furcht und Flucht versetzte.

Das hat Hanno nicht durch die Fama vernommen, die sonst wie ein Lauffeuer sich über Städte, Burgen und Klöster hermacht. Wie so viele andere Unternehmungen des viel gelobten und viel geschmähten Kaisers Friedrich steht es in Salimbenes Chronik. Ganz bewusst hat Frater Custos Hanno darauf hingewiesen, um ihm zu zeigen, welch spannende Ereignisse ihn bei der Kopierarbeit noch erwarten werden.

Und Hanno hat sich verleiten lassen. Bevor er sich an die Pflichtarbeit macht, blättert er jeweils neugierig im Geschichtswerk, ob er anhand von bekannten Wörtern etwa auf weitere interessante Begebenheiten stößt. Und tatsächlich findet er auf einer späteren Textseite beim Stichwort *crucis signaculum assumere* das Zeichen des Kreuzes an sich nehmen, Salimbenes Notizen zum Kinderkreuzzug. Das hat Hanno schon als 10-jährigen Junge fasziniert. Da heften sich doch in der Gegend von Köln drei etwa 12-jährige Knaben das Zeichen des Kreuzes auf ihr Wams, scharen weitere kreuzzugsbegeisterte Jugendliche um sich, ziehen durch die deutschen Lande nach Süden, pilgern von einer unzähligen Menge von Kindern beiderlei Geschlechts begleitet nach Italien, in der festen Meinung, „dass sie trockenen Fußes übers Meer schreiten – *se per siccum maria transituros – und das heilige Land Jerusalem (Terram Sanctam Hierusalem)* wieder in Gottes Gewalt bringen würden.“

Der ältere Hanno ist darüber nicht mehr begeistert, im Gegenteil. Am nächsten Morgen wird er seinem Lehrmeister die Frage stellen, wieso es Gott zugelassen hat, dass die Tausenden von unschuldigen Knaben und Mädchen ahnungslos ins eigene Verderben gerannt sind. Wieso sie das Heilige Land nie erreichten, ja zum Teil nicht einmal die Überquerung der Alpen überlebten oder dann in den unteritalienischen Hafenstädten verhungert, als Leibeigene verschachert oder von betrügerischen Reedern nach Nordafrika in die Sklaverei verschleppt worden sind. Wo war da der liebe Gott, wird Hanno fragen. Und Frater Custos wird ihm vorerst auch keine Antwort geben können.

Weiter hinten stößt er auf die Streiche, die der Franziskanerbruder Deustesalvet aus Florenz einem überheblichen Dominikanerpater spielt. Diese Streiche unterscheiden sich für Hanno nicht groß von jenen, mit welchen die leibeigenen Knechte auf seinem Hörigenhof sich gegenseitig foppten. Meistens spielten sie sich im Latrinenbereich ab. Aber den Florentinern hat man auch in klerikalen Kreisen jede *trufa*, jede noch so derbe Witztat verziehen; sie waren mit ihren satirischen Sprüchen und lustigen Späßen bei allen, bei Hoch und Niedrig, beliebt und gern gesehen.

AD TERTIUM:

Hanno ist beim Abschreiben nicht nur mit Kopf und Hand, sondern mit seinem ganzen jugendlichen Herzen dabei, sodass es Tage gibt, an denen er bis zu 200 Zeilen schafft. Nicht immer aber bringt er fünf Seiten zu je vierzig Zeilen zustande. Die Finger seiner Rechten, die früher den groben Holzstiel einer Mist- oder Heugabel umfasst hatten, fangen gelegentlich an zu zittern, sodass ihm die Feder zu entgleiten droht. Dann muss er aufstehen und ein paar Schritte machen oder, wenn das Zittern nicht nachlässt, das Skriptorium verlassen, mit lockeren Armen ein paar Runden im Kreuzgang drehen und ins Grüne des Kräutergartens schauen.

Die Mönche, denen er bei seinen Pausengängen begegnet, nicken ihm stets wohlwollend zu oder zeigen ihm, wie er mit Öffnen und Schließen der Faust die Schreibhand wieder beruhigen kann. Sie kennen sein Metier und sind stolz auf den Oblaten, der das Werk ihres bekanntesten Fraters weiter zur Verbreitung bringen wird.

Als Oblate ist Hanno nicht an die Klosterregel gebunden, er muss nicht an den obligaten Gebetsstunden teilnehmen, sich nur an die Essenszeiten halten. Doch die abendliche Complet will er nie verpassen. Der beruhigende Psalmenton des Gesanges des greisen Simeon „Nun entlässt du Herr deinen Diener im Frieden“ empfindet er immer als wohltuende Bestätigung seiner Tagesarbeit. Ihm ist, wie wenn Gottvater persönlich die Hand auf seine Schulter legen würde. „Gut gemacht, Hanno, *servus meus*, mein treuer Diener!“ Und Hanno wagt es dann den lateinischen Text leise mitzusummen: *Nunc dimittis servum tuum, Domine!,* bevor er in die Zelle verschwindet, die der Abt dem Scriptor der Chronik eigens zur Verfügung gestellt hat.

Doch es wird Monate dauern, bis er Salimbenes Chronik abgeschrieben hat. Das weiß auch Frater Custos. Er ermuntert ihn deshalb immer wieder mit kurzen Anekdoten aus der Chronik. Hanno besorgt sich diese im Geheimen zwar auch selber. Jeden Tag blättert er vor seiner Kopierarbeit neugierig im Codex und geht auf die Suche nach Salimbenischen Anekdoten.

Was ihn aber am meisten anspornt, ist der Zweck seiner mühsamen und langwierigen Arbeit: Seine Kopie soll im Tausch gegen eine Kopie der Märtyrergeschichte der Thebäischen Legion von St.Maurice nach Lyon gehen. Salimbenes Chronik für die *Passio Agaunensium martyrum* des Bischofs Eucherius. Hanno kann es kaum glauben. Seine Kopie soll dem Franziskanerkloster von Parma die Leidensgeschichte der Thebäischen Legionäre verschaffen, die vor fast 1000 Jahren in Lyon geschrieben worden ist. Der Abt hat es ihm persönlich bestätigt. Von diesen tapferen christlichen Legionären hatte Hanno schon gehört, aber nie begreifen können, dass ein Feldherr und Kaiser seine eigenen Soldaten niedermachen lässt, nur weil sie sich weigern, gegen unschuldige Zivilisten vorzugehen.

Ich weiß, Hanno, was du bei deiner Arbeit am meisten vermisst, es ist die Nähe deiner Tiere. Da ist auch der Kräutergarten, der deine überanstrengten Augen beruhigen kann, kein Ersatz. Wo sind die Tiere geblieben, wo die Wärme der Kühe und das dumpfe Blöken der willigen Schafe? Mit ihnen konntest du reden, wenn dich das Gezeter der Mutter verstummen ließ. Statt in den Schoss der Mama hast du deinen kindlichen Kummer in die Wolle des Mutterschafes geschluchzt oder deine Tränen am weichen Fell ihres Jungen getrocknet. Du hast dieses sogar auf die Arme nehmen dürfen und bist dir dann selber wie der gute Hirte vorgekommen, der über dem Portal der Klosterkirche das Lamm auf der Schulter trägt.

Dass er nicht auf den vorgezogenen Linien schreiben darf, machte ihm anfangs besondere Mühe. Könnte er die Schreibhand auf das Pergament stützen, wäre es bedeutend leichter, den Text zwischen die Linien zu setzen. Doch die gotische Schrift gefällt ihm und mit einer leichten Drehung der Feder bringt er auch die dekorativen Haarstriche zustande. Und einmal hat er sich sogar den Spaß erlaubt, beim **s** wie beim **f** den kleinen, dicken Querstrich zu ziehen.

Als Frater Custos am Ende des Tages wie immer die geschriebenen Seiten kontrollierte, stutzte er auf einmal: „Hat Salimbene wirklich *Fridericus fecundus* und nicht *Fridericus secundus* geschrieben?" Der Kaiser sei zwar auch fruchtbar gewesen, vor allem außerhalb der Ehe, aber der Chronist meine natürlich den Enkel des großen *Fridericus primus*, vulgo Barbarossa. Hanno strich sich durch die rotblonden Stoppelhaare und starrte ganz unschuldig auf den verräterischen Dickstrich.

Er wusste schon einiges mehr über den Kaiser, als er seinem Betreuer eingestehen wollte. Noch heute Morgen hatte er vor seiner Fronarbeit in der Chronik über die seltsame Geburt des Imperator Friedrich gelesen. Und wenn er das richtig verstanden hat, schreibt Salimbene, Friedrich sei der Sohn eines Metzgers von Jesi gewesen: *filius cujusdam beccarii de civitate hesina*. Den Stadtnamen Hesium hat er im Ortsverzeichnis nachschlagen können, das in der Präsenzbibliothek des Skriptoriums aufliegt. Und *beccarius* bringt er mit seinem mundartlichen *beccaio*, dem Metzger, zusammen.

Aber er wird bei der abendlichen Kontrolle seinen Lehrmeister fragen, ob das wirklich wahr ist. Der Sohn eines Metzgers könne doch nicht Kaiser werden. Und noch etwas will er ihn fragen: Bei seinem Blättern in der Chronik ist er auf ein seltsames Zeichen gestoßen, das nicht etwa ein misslungener gotischer Buchstabe sein kann. Frater Custos wird darin einen Kreis sehen, der über einem Tau-Kreuz steht, und es als Weltherrschaft Christi deuten: Christus trägt die Weltkugel auf seiner Schulter. Das passe gut zum Weltbild des Franziskaners Salimbene de Adam. Hanno ist aber aufgefallen, dass der Chronist dieses Kreuzkugel-Gebilde nur einmal, und zwar am Rande neben dem Text hinzeichnet, der von der frühesten Kindheit des Imperators spricht. Jetzt wird auch Frater Custos nachdenklich. „Die ersten Jahre hat der Kaiser tatsächlich nicht bei Vater und Mutter, sondern in der Familie des Konrad von Urslingen verbracht. Das war ein schwäbischer Adliger, der sich im Dienste Barbarossas in Italien bewährt hatte und zum Herzog von Spoleto ernannt worden war." „Dann war also die Herzogin von Spoleto des Kaisers Pflegemutter und der kleine Friedrich ist mit ihren Kindern groß geworden." „Ja, und zwar nicht in Spoleto, sondern im kleineren Foligno, das zwischen Spoleto und Assisi liegt." Aber was soll denn das Symbol an dieser Stelle?

AD QUARTUM:

Wenn du jetzt in den herzoglichen Palast in Foligno hineinschauen könntest, Hanno, was sähest du da? Nicht die schwäbische Herzogin, wie sie dem halbjährigen Friedrich die Brust gibt. Sie ist schon lange gestorben. Auch nicht ihre Söhne Berthold und Rainald, mit denen der kommende Kaiser drei Jahre lang aufgewachsen ist und die später in seinen Dienst getreten sind. Du sähest mit Erstaunen ein Mädchen in deinem Alter, eine Urenkelin der verehrten Herzogin.

Und was macht sie? Auch sie hat einen Pergamentbogen vor sich. Und wenn du ihr jetzt über die Schulter schautest, sähest du die gleiche gotische Schrift, die Tag um Tag aus deiner Gänsefeder fließt. Aber die Wörter sind anders; das ist nicht Latein, auch nicht Provenzalisch oder das Frühitalienisch deiner Region.

Jetzt beginnt sie laut zu lesen, höre ihr gut zu:

„Ich saz uf eime steine,
und dachte bein mit beine;
dar uf satzte ich den ellenbogen:
ich hete in mine hant gesmogen
daz kinne und ein min wange.
Do dachte ich mir vil ange,
wie man zer welte sollte leben."

Erzählt sie von sich oder zitiert sie irgendeinen transalpinen Troubadour? Sie sitze da ganz melancholisch – wie die Mädchen in ihrem Alter sind – einsam auf einem Stein, habe ein Bein über das andere gelegt und den Kopf auf den Ellbogen gestützt und denke über ihre Zukunft nach.

Der Pergamentbogen ist wohl ein Erbstück ihrer deutschen Urgroßmutter und von ihr hat sie vermutlich auch einen Restbestand von deutschen Wörtern im Hinterkopf bewahrt, weitergegeben von Mutter zu Tochter und vier Stufen hinauf bis zu ihrem dünnen Zweiglein am herzoglichen Stammbaum. Zwei

Pergamentbögen des schwäbischen Dichters Walther von der Vogelweide sind stets in der Leseecke der Herzogin bereit gelegen. Von dort kamen sie wohl in die Hand ihrer Tochter und in jene der Tochter der Tochter, bis sie schließlich in der Schublade unserer Gemma ihr wohlgehütetes Versteck fanden. Ein paar Sprüche des Dichters hat sie noch immer im Ohr:

„Owe der babest ist ze junc: hilf, herre, diner kristenheit."

Dass damit Papst Innozenz III. gemeint ist, hat sie von ihrer Mutter vernommen. Diese hat ihr auch bei Gelegenheit verschmitzt lachend und mit oberitalienischem Akzent den einen oder andern Spruch Walthers vorgetragen.

„Ir pfaffen, ezzent hüener und trinkent win,
und lant die tiuschen leien magern unde fasten."

Nicht dass Gemma eine besondere Vorliebe für die Allaman gehabt hätte, sie fand die Sprache dieser Tiutschen einfach lustig und hatte eine geheime Freude an den Versen, die sich gegen den Papst oder überhaupt gegen die Kleriker richteten. Das reiche Herzogtum Spoleto war nämlich mitsamt der Romagna unterdessen vom Kirchenstaat einfach vereinnahmt worden, und nur die ghibellinischen Zinnen am Herzogspalast deuteten noch darauf hin, dass das tapfere Spoleto früher auf Seiten der staufischen Kaiser stand.

Könntest du dir die Situation des Burgfräuleins vorstellen, Hanno? Sie spricht nur Italienisch, hütet aber das kleine deutsche Erbe der Herzogin von Spoleto wie ihren Augapfel.

Mussten dann die ersten Worte, die der kleine Friedrich von der Herzogin hörte, nicht auch deutsche Worte sein? Doch – aber bereits mit vier Jahren musste er den Rockzipfel seiner Ziehmutter loslassen, weil er von seiner eigenen Mutter, der Kaiserin Konstanze, in den Palast nach Palermo geholt wurde. Konnte er da mehr als ein paar Brocken Deutsch nach Sizilien mitnehmen? Auch einem hochbegabten Kind entschwinden mit der Zeit die muttersprachlichen Wendungen, wenn es in fremder Umgebung aufwächst.

Aber eines hat der spätere Kaiser nie vergessen, dass er in Foligno auf dem Schoss der Herzogin die erste menschliche Wärme und Liebe empfangen hat. Und so haben die eingeweihten Frauenzimmer der herzoglichen Familie von Generation zu Generation ihr Geheimnis weitergegeben: Die ersten Verse der kaiserlichen Liebeslyrik galten nämlich niemand anderem als der Herzogin von Spoleto:

„La vostra ciera umana
Mi dà conforto e facemi alegrare:
s'eo pregiare – vi posso, donna mia
più conto mi ne tegno tuttavia."

Das müsste ich dir ja nicht übersetzen, Hanno. Du redest ja ähnlich, nur nicht in so gewählten Worten. Die Herzogin hatte wirklich eine *ciera umana*, ein gütiges Angesicht. Das bestätigen alle ihre Nachkommen. Und der feste Halt (*conforto*) und die kindliche Freude (*facemi alegrare*), die sie dem Kleinkind schenkte, hat sich ohne Zweifel auf das ganze Leben des Kaisers ausgewirkt.

Gemma hat auch diese Verse in ihrer Geheimschublade aufbewahrt. Sie muss sie nicht hervorholen, denn sie kann sie auswendig. Und manchmal zitiert sie den Vierzeiler mit solcher Inbrunst, als würden die schmeichelnden Verse ihr und nicht ihrer Urahnin gelten.

AD QUINTUM:

Hanno arbeitet in den Augen des Custos ein wenig zu verbissen. Wird er es durchhalten? Gestern hat er die Reise Salimbenes nach Lyon aufs Blatt gebracht und ist dabei auf den Bericht des Chronisten über die Reise seines Mitbruders Johannes de Plano Carpine vom Orden der Minderbrüder zu den Tartaren gestoßen, die Pferdefleisch äßen und Stutenmilch tränken. Dieser Reisebericht vom Hof des Großkhans im Herzen des riesigen Mongolenreiches hat den jungen Scriptor richtig aufgewühlt.

Er hat beim Abt die Spezialerlaubnis eingeholt, nach der abendlichen Komplet mit seinem Betreuer darüber sprechen zu dürfen. Frater Custos hat ihm auf einer arabischen Landkarte den Verlauf der berühmten Seidenstraße gezeigt. Mit dem Finger fuhr er von Konstantinopel über das Schwarze Meer nach Trapezunt, verließ dort das Schiff, strich über das Pontische Gebirge und folgte dem Flusslauf des Aras bis nach Erewan in Armenien.

Aber vielleicht hat der Franziskaner diesen Nebenweg der Seidenstraße erst bei der Heimkehr vom fernen mongolischen Karakorum gewählt. Jedenfalls muss er bei der Rückreise kurze Zeit im Armenischen Kloster Tathev, das auf einem großen, steilen Felsvorsprung über dem in der Tiefe rauschenden Vorotan gebaut ist, verbracht haben. Jetzt zeigt der Finger des Custos, dessen Mönchsname eigentlich Bonaventura ist, auf die Kleinstadt Goris, von wo der mühsame Aufstieg zum hohen Kloster beginnt.

Hier in der großen Klosterbibliothek muss der geistliche Asienreisende die berühmten alten armenischen Miniaturen gesehen haben, meint Frater Custos und betrachtet seinen begabten Scriptor erwartungsvoll von der Seite. Und er hat sich nicht getäuscht, denn kaum ist das Wort „Miniaturen“ gefallen, fährt Hanno durch seine Haare und zeigt keinerlei Interesse mehr am weiteren Verlauf der Reise zu den Mongolen.

Custos hat nämlich schon seit einiger Zeit bemerkt, dass sich Hanno heimlich mit der Miniaturenmalerei befasst. Wenn immer ihm die Schreibhand vor konzentrierter Anstrengung zu zittern beginnt, macht er jetzt nicht mehr seine beruhigenden Runden im benachbarten Kreuzgang, sondern setzt sich im Skriptorium in die abgetrennte Ecke, wo der klostereigene Miniaturenmaler wie er täglich an seiner Arbeit ist. Der altehrwürdige Frater Servatius lässt Hanno gerne zuschauen, wie er mit feinem Pinsel in die kleinen Farbtöpfe langt und die Deckfarben sorgfältig auf das Pergament aufträgt.

Eben ist er dabei, ein Deckfarbenbild in Streifentönung mitten in den heiligen Text zu setzen, in dem von unten nach oben je eine grüne und braungelbe, blaue und rosa Zone einander ablösen.

Es stellt Christus als Weltenheiland im Lebensbaum dar. Christus steht inmitten des Paradieses mit den üblichen Siegeszeichen, wie die zugehörigen Verse besagen: dem Lebensbaum und der Weltkugel. Er ist es, der das Oben und Unten zusammenhält. Darauf beziehen sich die Gestalten in den Medaillons an seiner Gloriole: oben Gottvater, in der Mitte Sonne und Mond, und unten der Mensch, symbolisiert durch eine Frau, die nackt aus einem blaugrünem Kreis auftaucht.

Auf diesem Bild ist Christus die direkte Verbindung zwischen Gott und Mensch, wagt Hanno nun zu bemerken. „Sehr richtig“, bestätigt Frater Servatius, „und wie du siehst, hat er seine wesenhafte Gestalt aus der göttlichen weißen Höhe und aus der rosa menschlichen Erde. Jetzt nähert der greise Servatius seinen Kopf dem Rotschopf des jungen Scriptors und flüstert ihm geheimnisvoll ins Ohr: „Das ist es, was uns vor 40 Jahren Frater Johannes de Plano Carpine als überzeugte Glaubenserkenntnis aus Armenien mitgebracht hat: Christus hat nicht zwei Naturen in einer Person, sondern eine einzige, untrennbar göttlich-menschliche.“ Auf dieser Einheit hätten die Armenier am heiligen Berg Ararat schon um 300 den ersten christlichen Staat gebaut, eine eigene Schrift erfunden, in unzähligen Handschriften die jüdisch-christliche Bibel verbreitet und kommentiert und das Volk durch die Jahrhunderte vor jeder Zersplitterung bewahren können.

Hanno merkt schon, dass er das für sich behalten muss – Frater Custos hätte ihm mit Nachdruck das *„duae naturae in una persona“*

des lateinischen Westens wie auf eine Steintafel gemeißelt entgegengehalten. „Es ist wie beim Schwan", erklärt Servatius noch weiter. „Er kann fliegen wie ein Vogel und schwimmen wie ein Fisch. Hat er deshalb zwei Naturen, die eines Vogels und die eines Fisches? Nein, er hat die eine und einzige Natur eines Schwanes.

Gerne sieht Hanno dem Miniaturmaler zu und lauscht seinen Worten, wenn er die Komposition und den Symbolgehalt eines Bildes beschreibt. Aber er belässt es nicht beim Zuschauen; er will selber experimentieren und später vielleicht doch noch ein Buchmaler werden. So beginnt er abends auf seiner Zelle mit Federzeichnungen auf gewöhnlichem Papyrus. Die Feder zu führen versteht er ja, und Vorbilder für seine Zeichnungen findet er in jedem illuminierten Buch der Bibliothek. Immer wieder holt er Rat beim ehrwürdigen Servatius, der nie ein hochwürdiger Priester werden wollte, sondern ein einfacher Mönch blieb, wie es der heilige Franziskus auch gewesen war. Hanno koloriert anfangs seine Federzeichnungen und wagt sich schon bald an die Aufbereitung der Farben. Das ist nicht ganz einfach, denn die Pigmente müssen oft von weither beschafft werden, sodass das Kloster mit den Farbstoffen sparsam umgehen muss. Dennoch bekommt Hanno von Servatius regelmäßig eine kleine Dosis an Schwarz, Blau, Grün oder Rot, damit er lernt, den einzelnen Farbstoff mit dem entsprechenden Bindemittel zu verrühren, um so die Farbe auf dem Pergament haftbar zu machen. Er beginnt mit dem Grün, das aus Geißblattbeeren gewonnen worden war, mischt es einmal mit Kreide, ein anderes Mal mit Eiweiß und gibt in einem weiteren Versuch noch etwas flüssiges Wachs oder Honig dazu. Jedes Mal lässt er das Resultat durch Frater Servatius prüfen. Dieser ist mit den Fortschritten des Pächtersohnes so zufrieden, dass er ihn eines Tages die große Initiale eines Anfangstextes eigenständig vorzeichnen und farbig gestalten lässt. Darüber ist Frater Custos so erfreut, dass er Hanno für diese Arbeit eine ganze Woche freigibt.

Der Illuminator Servatius hat noch größeres im Sinn mit seinem neuen Malerlehrling. Als Meisterstück soll er ihm eine Miniatur auf das Titelblatt des Buches der Klagelieder von Grigor Narekazi entwerfen und ausführen. Das „Buch der Lamentation" aus dem 10. Jahrhundert war zum armenischen Nationalepos geworden, das die Gefühle dieses stets bedrängten Volkes in flehenden Gesängen zu Gott auszudrücken vermochte. Auf Anweisung des Katholikos persönlich hatte der Abt von Tathev dem Mongolenmissionar Frater Johannes de Plano Carpine ein Exemplar dieses kostbaren Buches übergeben. Er soll es zusammen mit dem Antwortschreiben des Großkhans dem Papst Innozenz IV. als Freundschaftsgabe nach Lyon bringen. Denn Innozenz IV. war es, der den Franziskaner als Botschafter zum Großkhan der Tataren nach Karakorum gesandt hatte, um diesen zu einem Bündnis mit dem Westen gegen die Araber und Seldschuken zu bewegen.

Vorläufig liegen das Titelblatt und der erste Teil des Buches noch wohlverwahrt in der Klosterbibliothek von Parma, damals eigenhändig kopiert von Frater Servatius, der aber aus Zeitgründen keine Eingangsminiatur mehr gestalten konnte. Johannes de Plano Carpine war nur eine Woche in Parma geblieben, dann war er mit seinem kostbaren Buch nach Lyon weitergereist. Jetzt soll sein gelehriger Schüler Hanno das Versäumte nachholen. Noch weiß der und auch Frater Custos nichts von diesem Spezialauftrag. Aber Servatius kennt keinen Scriptor, der den in altarmenischer Schrift verfassten Einleitungsgesang und ein entsprechendes Kleinbild auf dem Titelblatt so exakt ausgestalten könnte wie Hanno.

Als Hanno dann das Titelblatt sieht, fährt er sich erst einmal mit den Fingern der Rechten durch die Haare und senkt dann den Kopf auf die unbekannte Schrift hinunter. Diese eckigen, fett und fein gezogenen Buchstaben sind ja leichter nachzuahmen als die gotischen, und den Text muss er ja nicht verstehen. So zeichnet er zuerst mit dünnem Kohlestift die beiden dargestellten Figuren aufs Blatt, den Dichter und Mystiker Grigor Narekazi und den Stifter Simeon, dem er sein „Buch der Lamentation" überreicht. Ihren priesterlichen Habit einzufärben wird nicht schwierig sein.

Dann macht er sich an den Einleitungsgesang:

„Den Schrei der Klage aus meinem betrübten Herzen
erhebe ich wieder zu Dir, der Verborgenes schaut,
und werfe ins Feuer die Sucht des wirren Verstandes,
entquollen dem üblen Dunst des schwankenden Denkens."

Frater Servatius hat ihm danach die Worte vom „wirren Verstand" und dem „schwankenden Denken" noch eigens erklärt und Hanno hat verständnisvoll genickt. Schon oft sah er sich in einer ähnlich verstörten Situation, wo sein wirrer Kopf weder ein noch aus wusste.

AD SEXTUM:

„Claustrum sine armario, *castrum sine armamentario.* Ein Kloster ohne Bibliothek ist wie eine Festung ohne Waffenkammer." Der Abt zeigt auf die Inschrift über der Intarsienpforte, als er Hanno in die Bibliothek führt. Er wird ihm mit einer Segensgeste die kleine hölzerne Truhe übergeben, in der die in Schweinsleder gebundene Kopie der Salimbene-Chronik liegt, die Hanno im Laufe des vergangenen Jahres hergestellt hat. Es ist ein schönes Buch geworden. Und der Schreiber hat sich am Schluss noch als Maler betätigt und den Text nicht nur mit einer Initiale begonnen, sondern noch ein Miniaturbild hinzugefügt: Die Anfangsworte kannte er ja; er hat sie schon verstanden, als er noch nicht jeden Tag eine Lateinlektion beim Frater Custos absitzen musste:

Amodo incurrimus verba inculta et rudia et grossa et superflua. Unter das weit sich spreizende A des *Amodo* hat er einen Franziskaner in Kapuze gestellt, der einem Klostervorsteher ein Buch überreicht. Es ist seine eigene Kopie, die vom verehrten Leiter des Skriptoriums dem Klosterabt in die Rechte gelegt wird. Und hinter dem Custos hat Hanno noch sich selbst als kleinen Schüler mit antiker Wachstafel und Griffel dargestellt.

Wie hat er doch geschmunzelt, als er vor einem Monat nochmals die ganze Chronik-Kopie durchblätterte und zur einleitenden Bemerkung Salimbenes kam: Seine Vorlage sei in einem unkultivierten, groben und weitschweifigen Stil geschrieben. Inzwischen kann Hanno selber die *verba culta* von den *verba inculta* unterscheiden und gar eine geografische Karte entwerfen, auf der alle Wirkungsorte des Chronisten eingezeichnet sind.

Jetzt ist die Arbeit vollendet, und schon nächste Woche wird sich Hanno auf den Weg nach Lyon machen, begleitet von Frater Custos. Sie werden aber die Truhe mit der Chronik nicht etwa einem Packpferd aufladen, um kein Aufsehen zu erregen. Nein, sie werden mit zwei Eseln reisen, wie es sich für die Minderbrüder geziemt. Allerdings werden sie auf dem Moncenisio von einer Eskorte des Bischofs von Lyon erwartet. Darauf hat der Bischof bestanden, aus Sicherheitsgründen.

Lassen wir also die beiden Franziskaner gen Westen ziehen, den großen, schlanken Mönchspriester Custos alias Bonaventura und den kleineren und stämmigen Oblaten Hanno! Dem einen Esel bindet Hanno die an beiden Flanken herabhängende Doppeltasche und den Heusack auf den Rücken, der andere wird abwechslungsweise einen der beiden Männer tragen müssen.

Es wird eine mühsame Wanderung werden, bis sie von Parma aus über Piacenza, Alessandria, Torino und Susa endlich auf den Moncenisio-Pass gelangen. Zuerst geht es auf der alten Römerstraße nordwärts, später wird vielleicht ein Ladeschiff, das in einer Treidelfahrt mit Schiffsknechten und Zugtieren Rohrzucker und Reis von Pavia nach Torino hinaufzieht, die beiden Bettlermönche mit ihren Eseln aufnehmen. Im Übrigen werden sie wie gewöhnliche Pilger von Stadt zu Stadt wandern, um das tägliche Brot betteln, in Pilgerhospizen, Klöstern oder Pfarrhäusern übernachten oder sich zur Not auf einem abgelegenen Bauernhof ins Stroh legen.

Auf diesem Wege ist vor 40 Jahren auch der Papstlegat de Plano Carpine nach Lyon gezogen mit seinem kleinen und schnellen Mongolenpferd, das der Großkhan von Karakorum ihm zum Abschied geschenkt hatte. Frater Johannes de Plano Carpine durfte es nicht ablehnen. Er sah sich schon missmutig auf dem bloßen Rücken eines dieser zähen Pferde, das ihn ohne Sattel und Steigbügel schüttelnd und rüttelnd davontragen würde. Als er deshalb nur kurz zögerte, ließ der Herrscher aller Herrscher den geschenkten Gaul vorführen und siehe da, dieser trug einen bequem eingebuchteten Ledersattel, an dem zwei vergoldete Steigbügel herunterhingen.

Da wärest du auch erstaunt gewesen, Hanno, wie du es warst, als du bei Salimbene lasest, dass Johannes de Plano Carpine nur in Purpur gekleidet vor den Großkhan treten durfte. In seiner grauen Franziskanerkutte wäre er vom mongolischen Potentaten nicht als Gesandter des mächtigsten Regenten des Westens anerkannt worden. Denn nur mit dem Mächtigsten des Westens wollte der Mächtigste des Ostens verhandeln. Und das war damals nicht mehr der Kaiser Fridericus Secundus, wie man glauben möchte, sondern der Papst Innozenz IV., der den Kaiser auf dem Konzil von Lyon abzusetzen gewagt hatte.

So ritt also der Kundschafter des Papstes auf dem kleinen Mongolenross, während sein Dolmetscher, ein venezianischer Kaufmann, der seit Jahren die Karawanen Venedigs auf der Seidenstraße begleitete, ihm auf einem Araberhengst zur Seite ging. Vor Monaten hatten sie auf der Seidenstraße ihre Pferde gegen Kamele umgetauscht, das reich dekorierte Tatarenpferd aber am Ende der Karawane mittrippeln lassen und in Samarkand dann auch die Kamele an chinesische Händler weiterverkauft.

Aber noch mehr hattest du gestaunt, Hanno, über den Brief des Tatarenkhans an Papst Innozenz IV. Denn inzwischen verstandest du so viel Latein, dass du die Selbstbezeichnung des Großkhans und seine Forderungen, mit der er den Antwortbrief an den Papst beginnt, nur mit Empörung entgegennehmen konntest. *„Dei fortitudo, omnium hominum Imperator"* – „Ich, der starke Arm Gottes, der Herrscher über alle Menschen".

Jetzt vernimmt man auf einmal im Westen, dass da weit, weit im Osten ein Tatarenhäuptling die Weltherrschaft antreten will. Bis jetzt hatte man nur gehört, wie Attilas Hunnen einst bis nach Oberitalien vorgedrungen, wie die Mongolen ganz China an sich gerissen und bis ans Mittelmeer gestoßen und dass ihnen die Reiternomaden der Awaren und Magyaren gefolgt sind.

Nun schreibt auf einmal einer, der sich Imperator aller Menschen nennt, „Ihr Männer des Westens aber, Ihr glaubt, dass Ihr Christen allein auf der Welt seid und blickt auf andre herab … Wir aber haben in Anbetung Gottes – *nos autem Deum adorando* – und mit der Kraft seines Beistandes die ganze Erde von Ost nach West verwüstet … Wenn Ihr also Frieden begehrt und Eure Streitkräfte uns übergeben wollt, Du, der Papst, samt den Mächtigen der Christenheit, so zögert keineswegs mehr, vor uns zu erscheinen, um Frieden zu schließen."

Hanno traute seinen Augen nicht. „Was kommen wird, kennt Gott allein", so schließt der Brief, unterzeichnet mit „Cuinis-Chan primus Imperator; Secundus Thaday-Chan; Tertius Tujuch-Chan".

Gerne hätte damals auch Frater Johannes de Plano Carpine den Brief geöffnet, als er in der Karawanserei am Selimpass einige Tage mit der gesamten Gesandtschaftsgruppe ausruhte, bevor er sich auf den Weg zum armenischen Felsenkloster Tathev machen wollte. Noch konnte er ja nicht wissen, dass zehn Jahre später ein Mitbruder, der Franziskaner Wilhelm von Rubruk, am Hofe des Großkhans Möngke in Karakorum sogar religiöse Gespräche mit Muslimen, Nestorianern und Buddhisten führen und mit einem erstaunlichen Glaubensbekenntnis heimkehren würde:

„Wir Mongolen glauben, dass es nur einen Gott gibt;
durch ihn leben wir, und durch ihn sterben wir,
und vor ihm ist unser Herz rechtschaffen.
Aber wie Gott der Hand verschiedene Finger gegeben hat,
so hat er den Menschen verschiedene Wege gegeben.
Euch hat Gott Schriften gegeben,
und ihr Christen haltet sie nicht.
Uns aber hat er Weissager gegeben,
und wir tun, was sie uns sagen,
und leben in Frieden."

Seit Samarkand saß der Gesandte des Papstes mit seinem Dolmetscher in einem von venezianischen Rittern eskortierten Reisewagen, den die Republik den Aufsehern über den Handel auf der Seidenstraße jeweils zur Verfügung stellt. Diese Kutschen waren viel bequemer als die üblichen großen Ochsenkarren.

Immerhin hatte er die mündliche Bestätigung des Großkhans noch in den Ohren, dass die tatarischen Reiterhorden auf Weisung des höchsten Gottes weite Lande des Westens verwüstet hätten und dass der Frieden nur erreicht werde, wenn die Mächtigen des Westens sich ihm bedingungslos unterwerfen würden. Jetzt wurde ihm auch klar, wieso die westlichen Chronisten die Mongolen konstant **Tartaren** und nicht **Tataren** nannten, wie der ursprüngliche Stammesname war. Sie wollten sie nicht als Gotteskämpfer anerkennen, sondern stempelten sie zu wilden Steppensöhnen, die dem Tartarus, also der Unterwelt, entsprungen waren.

Jetzt aber befand sich Johannes de Plano Carpine auf dem Aufstieg zum Moncenisio. Mit dem gesamten Reitertrupp der Gesandtschaft hatte er vor zwei Tagen in der abgelegenen Abtei von Novalesa noch seinen letzten Halt in Oberitalien gemacht. Aber die kalten Zellen und die karge Kost der Mönche hatten die Höflinge des Papstes weitergetrieben, und so ritten sie nun den Pass hinauf und wollen in drei Tagen in Lyon sein.

Es war Ende Oktober. Der Saumweg war zwar etwas verbreitert worden, sodass zwei Pferde nebeneinander ausgreifen konnten. Und doch glitten sie immer wieder zurück; die schwarzen Basaltsteine glänzten silbern, über Nacht war der erste Schnee gefallen. Keine Seltenheit um diese Jahreszeit und auf dieser Höhe.

So gelangten sie erst gegen Abend auf die Passhöhe, wo sie vom Vorsteher des Augustinerhospizes ehrerbietig empfangen wurden. Der Herbergsknecht nahm ihnen die müden Pferde ab, eines lahmte gar am linken Hinterbein. Hatte es die Fessel verstaucht? Zur Vorsicht band der Knecht das geschwollene Gelenk mit in Essig getünchten Binsenstreifen ein, noch bevor er die andern Pferde an den Futtertrog führte.

Unterdessen bat Pater Mauritius die hohen Herren in den Gästeraum, schenkte Wein ein und offerierte auf einem Holzbrett Schafskäse, Fladenbrot und Oliven. Dann wollte er von ihren Reiserlebnissen hören. Waren die Tartaren wirklich diese unerbittlichen Mordgesellen, wie man allenthalben hörte? Waren sie wirklich Tag und Nacht unterwegs und schliefen gar auf ihren kleinen Pferden? Und sahen sie tatsächlich so fürchterlich aus, wie es hieß? Mit platt gedrückten Nasen und winzig kleinen Ohren? Und wie ging es auf der Seidenstraße so zu und her?

Johannes de Plano Carpine konnte den Pater beruhigen.

Die Tataren, nicht Tartaren, seien ein kultiviertes Nomadenvolk, dessen einzelne Stämme von Jurtenlager zu Jurtenlager zogen und unter der Herrschaft eines allgewaltigen Kaisers zu einer unwiderstehlichen Heeresmacht geworden waren. Er würde darüber noch ein Buch schreiben, nachdem er dem Papst in Lyon Rechenschaft über seine Mission gegeben hatte.

Nun wollte Pater Mauritius seinerseits den berühmten Gästen von einem einmaligen Geschehen erzählen. Gemessenen Schrittes ging er auf die dunkle Holztruhe zu, die in einer Ecke des Gästezimmers stand, löste die eisernen Scharniere, hob den Deckel, bückte sich hinein und nahm ein schmales Bändchen heraus. Eigentlich war es nur ein einzelnes Pergamentblatt, das zwischen zwei hölzerne Buchdeckel gelegt war.

„Ich will Euch auch ein Geschichtsereignis erzählen, die Vorgeschichte dieses Dokumentes", begann der Augustinerpater. „Wie Ihr sehr wohl wisst, musste vor gut 200 Jahren der deutsche Kaiser Heinrich IV. vor Papst Gregor VII. Abbitte leisten, um vom Banne gelöst zu werden. Da die bequemen Pässe über die Alpen von feindlichen Fürsten gesperrt waren, musste der Gebannte nach Westen ausweichen, um durch das Burgund und über unsern Moncenisio nach Oberitalien zu gelangen. Und das mit der jungen Gemahlin Bertha und dem 2-jährigen Söhnchen Konrad, in einem eiskalten Winter. Was hat nun aber dieses Blatt damit zu tun? Unter dem Registrum Gregorii VII. befand sich auch ein Pergamentblatt eines Sekretärs der Gräfin Mathilde von Tuscien, das die Bitte des Papstes um Bericht über die näheren Umstände des kaiserlichen Bußganges nach Canossa enthielt. Auf diesem Blatt stand nun auch die Schilderung, wie fürchterlich sich die kaiserliche Familie über den winterlichen Pass quälen musste. Ein begleitender Bergführer hat den beschwerlichen Aufstieg vom Westen her dem Sekretär der Gräfin wohl mündlich mitgeteilt.

Aber da, lest selber:

‚Bald krochen sie auf Händen und Füssen, bald stützten sie sich auf die Schultern ihrer Bergführer und manchmal, wenn sie auf dem glatten Boden ausglitten, fielen sie auch hin und rutschten ein ganzes Stück hinunter …‘

Papst Innozenz IV. hat Gregor VII. und seine Machtpolitik bewundert und deshalb von all diesen Dokumenten eine Kopie machen lassen. Und eine dieser Kopien hat er dem Passhospiz auf dem Moncenisio überlassen, zur ewigen Erinnerung an den Bußgang eines deutschen Kaisers."

Die Tatarengesandtschaft war nicht so beeindruckt, wie es der Hospizpater erwartete. Sie hatte schließlich eine zweijährige, überaus strapazenreiche Hin- und Rückreise hinter sich. Am Ostertag 1245 hatte Frater Johannes de Plano Carpine mit seiner Gesandtschaftstruppe Lyon und die Kurie des Papstes verlassen und war zu dem von Mongolen besetzten Kiew am Dnjepr gezogen, immer vom wechselnden Klima und von Räuberhorden bedrängt. Von da weiter zum Don und zur Wolga, durch das kürzlich entstandene Mongolenreich der Goldenen Horde zum Grenzfluss Ural, über die Seidenstraße zu den Dsungarischen Seen und von dort schließlich ins Zentrum des Mongolenreiches nach Karakorum.

Jetzt waren sie auf der letzten Etappe der langen Rückreise. Schon am andern Morgen brach die Gesellschaft auf, ließ das kranke Pferd im Stall des Moncenisio-Hospizes zurück und erreichte nach drei Tagen den päpstlichen Hof in Lyon. Es war Allerheiligen anno Domini 1247.

Ad Septimum:

Während Hanno und sein Lehrer und Betreuer Custos mit den beiden Eseln dem Burgund entgegenziehen, will ich kurz den Hinweisen Salimbenes über eine andere Reise nachgehen, nämlich dem Zug des jungen sizilianischen Königs Fridericus nach Deutschland.

Frater Custos hatte nämlich mehr als einmal gesagt, Hanno gleiche dem jungen Friedrich aufs Haar genau, und das dürfe man wörtlich verstehen. Er habe den gleichen fröhlichen und munteren Blick und die rasche Auffassungsgabe, wenn auch nicht den scharfen Verstand des Puer Apuliae oder Pfaffenkönigs, wie man das Mündel von Papst Innozenz III. auch nannte, allerdings mehr spöttisch als verächtlich.

Nun sollte also das 17-jährige „Chint von Pülle“, von Apulien eben, wie die deutschen Fürsten spotteten, sich dem römisch-deutschen Reich als König und Aspirant auf den Kaiserthron vorstellen. Aber wie? Der rötlich-blonde junge Herrscher hatte zwar von seiner Gemahlin Konstanze von Aragon das königliche Auftreten gelernt. Auch hatte sie ihm als Mitgift 500 spanische Ritter in die Ehe gebracht. Doch ein großer Teil dieser kleinen Heeresmacht war kurz nach seiner Hochzeit an einer in Palermo ausgebrochenen Seuche gestorben. Friedrich hatte also lediglich den Mut und die Unternehmungslust eines Heerführers, aber kein Heer.

Auf einer einzigen Mittelmeer-Galeere hatte die kleine Schar Platz, die ihren König begleitete, wie er im März 1212 von Messina aus ins Ungewisse aufbrach. Ihm zur Seite stand der päpstliche Legat und treue Berater Friedrichs, Erzbischof Berard von Bari. Zu dem Dutzend Ritter, die auf dem Vorderdeck beieinanderstanden, gesellten sich auch der *camerarius* Richard und der Staatssekretär Andreas, obwohl es vorläufig nicht viel zu verhandeln und zu besprechen gab. Auch die vier Notare der königlichen Kanzlei hatten noch keine Verträge zu entwerfen und saßen in trüben Gedanken verloren auf ihren Archivkisten. Aber bereits in Gaeta mussten sie an Land gehen, da pisanische Schiffe die Weiterfahrt nach Norden blockierten. Auf dem Landweg erreichten sie Rom erst Mitte April. Hier aber wurde der designierte römische Kaiser mit Jubel empfangen. Am Ostersonntag stand Friedrich zum ersten und einzigen Male seinem früheren Vormund gegenüber. Der junge Mann mit dem zwingenden Blick und den fantastischen Zukunftsplänen vor dem willensstarken Weltverächter, der jetzt auf der Höhe der klerikal-imperialen Macht stand.

Papst Innozenz III. versorgte den ihm noch ergebenen König Siziliens mit allem Nötigen für die Weiterreise nach Norden. Auf einem päpstlichen Schiff erreichte die königliche Gesellschaft am 1. Mai Genua, wo sie von Adel und Volk glanzvoll aufgenommen wurde. Von Mai bis Juni blieb Friedrich in der Hafenstadt. Denn jetzt galt es, den schwierigsten Teil der Reise vorzubereiten, die Durchquerung der feindlichen Lombardei. Hier lauerten nämlich die Welfenfreunde dem fast wehrlosen „*Puer Apuliae*“ auf. Die welfentreuen Städte Mailand, Lodi und Piacenza hatten ihre Truppen aufgeboten und überwachten die Straßen und Flussläufe, um den „Zaunkönig“ abzufangen. Wie Genua stellten hingegen die staufischen Städte der Lombardei dem König Begleitmannschaften, die an der jeweiligen Grenze des Stadtgebietes abgelöst wurden.

Durch das Gebiet des Markgrafen von Montferrat gelangte Friedrich mit seinen sizilianischen Getreuen über Asti nach Pavia. Damit befanden sie sich aber inmitten der Kampfregion zwischen dem mächtigen Mailand und dem ebenso streiterprobten Cremona. Das feindliche Mailand versuchte mit allen Mitteln – sogar der *carroccio* kam zum Einsatz –, den Durchgang von Pavia nach Cremona zu Land wie auf dem Po zu sperren. Und beinahe wäre der übermütige Friedrich am Fluss Lambro in ihre Hände gefallen. Im letzten Moment konnte er den Mailändern entwischen, indem er auf einem ungesattelten Pferd den Lambro durchschwamm und in den Schutz der Bogenschützen von Cremona flüchtete. Friedrich würde das den verhassten Mailändern nie verzeihen.

Ohne weitere bedrohliche Zwischenfälle kam er nun über Mantua und Verona nach Trient. Da der welfenfreundliche Herzog von Meran den Brenner überwachte, musste Friedrich mit seinem Reitertrupp nach Westen ausweichen, um auf mühsamen Gebirgspfaden ins obere Engadin und in die alte Bischofsstadt Chur zu gelangen.

Hätte Friedrich den kürzeren Weg von Genua über Mailand und über den Gotthard nehmen können, wäre er den Tausenden jugendlichen Kreuzfahrern begegnet, die in jenen Spätsommertagen anno Domini 1212 vom oberen Rheintal her über die Alpen nach Genua zogen. Haben sich die erbarmungswürdigen Geschöpfe des Kinderkreuzzuges wirklich da durchgequält und die Schöllenenschlucht über den Bätzberg umgangen? Oder sind sie den Saumwegen über Furka und Oberalp gefolgt?

Jedenfalls hat der Stauferkaiser und sein in Deutschland als König eingesetzter Sohn Heinrich ein paar Jahre später die erste noch hölzerne „Teufelsbrücke" über die Reuss bauen lassen und so den Gotthard für den Fernverkehr zwischen Mitteleuropa und Italien geöffnet. Heinrich kaufte zudem vom Grafen Rudolf von Habsburg Land und Leute von Uri und Hasli für das Reich, um den Zugang zum Gotthard ein für alle Mal sicherzustellen. Damit unterstanden die Einwohner der Talschaft Uri direkt dem Deutschen Reich. Zusammen mit den seit 1240 ebenfalls reichsfreien knorrigen Schwyzern hielten sie dem von Innozenz IV. abgesetzten Kaiser Friedrich unerschrocken die Treue. Auch dann noch, als ihnen der Papst deswegen den Kirchenbann androhte.

Klaglos hatte der in der Waffenausbildung gestählte König von Sizilien den strapaziösen Gebirgsmarsch überstanden. Fortan aber galt es, den herrschenden König und Kaiser Otto und seine Vasallen aus dem politischen Turnierspiel zu werfen. Bischof Arnold von Chur nahm Friedrich gemäß den Weisungen des Papstes ehrenvoll auf und geleitete ihn nach St. Gallen, wo sich das immer noch kleine Gefolge auf 300 Berittene vergrößerte. Jetzt schloss sich auch Ulrich von Sax, Abt der ehrwürdigen Reichsabtei St. Gallen, dem Königszug nach Konstanz an. Ganz

Konstanz war auf den Beinen, heißt es im Bericht des Burchard von Ursberg, um mit Kaiser Otto den „Zaunkönig von Sizilien" abzufangen.

Da stand plötzlich die königliche Ritterschar vor den Toren der Reichsstadt und begehrte Einlass. Noch zauderte der Bischof von Konstanz. Da ritt der päpstliche Legat Berard, Erzbischof von Bari, an die Zugspitze, nahm eine Pergamentrolle aus der Satteltasche und verlas mit lauter Stimme das Bann- und Absetzungsdekret gegen den Welfenkaiser Otto. Die Ketten rasselten, die Brücke fiel und anstelle von Otto ritt das „Chind von Pülle" in die Stadt ein.

Dieses Seldschukenstück des königlichen Jünglings und seine vorausgehende Odyssee durch die Lombardei und über die Alpen hat dir mächtig imponiert, Hanno. Auch wenn du es nur vom Hörensagen kanntest. Der Scriptorienmagister Frater Custos kennt eben nicht nur die Chronik von Salimbene. Und Freude hattest du auch, dass er dabei immer wiederholte, du hättest geradezu ein Bruder des jungen Königs sein können. Aber nicht so intelligent wie Friedrich, auch das wollte er jedes Mal hinzufügen.

AD OCTAVUM:

Custos und Hanno. Man könnte die beiden Wanderer zuerst für gewöhnliche Bettelmönche halten, wie sie in diesen Zeiten zahlreich durch das Land streichen und mit ihren Körben das Brot bei jenen sammeln, die selbst nicht viel zu essen haben. Der fortwährende Krieg unter den oberitalienischen Städten hatte nämlich vielerorts das Land verödet und verwüstet zurückgelassen. Vor allem entlang der altrömischen Via Aemilia tobte der Krieg viele Jahre lang. Seit Friedrich als Kaiser abgesetzt war und Parma sich gegen ihn erhoben hatte, war in dieser Gegend „der leibhaftige Teufel los", wie Salimbene vermerkt. Und genau auf dieser alten Römerstraße liegt die erste Etappe ihrer Reise nach Lyon. Vier Tage hatten sie allein für die Strecke von Parma nach Piacenza gebraucht, ohne dass die Esel je einmal gebockt hätten. Und Hanno erinnerte sich in dieser Umgebung wieder lebhaft an die Schrecken des Krieges, wie sie Salimbene im ersten Drittel seiner Chronik schildert:

„Man konnte weder pflügen noch säen, noch ernten, noch Rebbau betreiben, noch Weinlese halten, noch auf den Landsitzen wohnen. Nur in unmittelbarer Nähe der Städte arbeitete man unter dem Schutz der städtischen Besatzungen, und so beschützten bewaffnete Soldaten die Landarbeiter tagsüber, sodass sie Ackerbau treiben konnten. Diese Bewachung war nötig wegen der Straßenräuber, Diebe und Plünderer, die immer zahlreicher wurden, die Leute gefangen nahmen und in den Kerker warfen, damit sie sich für Geld loskauften. Auch entführten sie ihre Ochsen, um sie zu verschmausen oder zu verkaufen."

Hanno musste sich beinahe übergeben, als er vor Monaten auch über die brutalen Foltermethoden las, mit denen dieses Gesindel das Landvolk erpresste: „Und wenn jene sich nicht loskaufen wollten, so hängten sie sie an Händen und Füßen auf, rissen ihnen die Zähne aus und steckten ihnen Frösche oder Mäuse in den Mund, damit sie sich umso schneller loskaufen sollten –

das alles war aber für jene widerwärtiger und scheußlicher als der Tod selbst."

Die beiden Wanderer spüren noch immer die Folgen des Krieges. Die Leute waren misstrauisch, ja geradezu feindselig geworden, auch Kuttenträgern gegenüber. Oft werden sie von der Türe gewiesen; sie seien Schmarotzer, würden Wasser predigen und Wein trinken.

Custos und Hanno nehmen es in franziskanischer Demut hin; sie sehen ja selber, in welch kläglicher Lage die Landbevölkerung sich befindet. Immerhin erlauben sie sich eine kleine Täuschung. Bevor sie das Franziskanerkloster in Piacenza verlassen, nähen sie sich eine Jakobsmuschel auf ihre graue Kutte und werden dann prompt als Pilger mit ihren zwei Eseln auf einem Transportkutter den Po aufwärts mitgenommen. Die beiden Esel betrachten ungerührt die vier schwitzenden Ochsen, die auf dem Uferweg das Lastschiff an dicken Seilen flussaufwärts ziehen. Bevor der Tanaro in den Po mündet, steigen die Pilger an Land, bedankten sich für die Flussfahrt und gehen – nun auf einem richtigen Jakobsweg – in Richtung Turin davon.

Susa, das stolze Berglernest, wollen sie umgehen und direkt zur Abtei von Novalesa aufsteigen. Aber auf den verschlungenen Waldwegen verirren sie sich mehrere Male, müssen in zugigen Schafställen übernachten und sich einmal sogar vor einem kleinen Wolfsrudel in einer Baumhütte in Sicherheit bringen. Es ist eine Art Hochsitz für die Falkenjagd am Rande eines größeren Hains, in dessen Mitte ein dunkler Waldweiher liegt. Die beiden Esel können hier endlich wieder mit frischem Wasser versorgt werden. Sie stellen sich denn auch kampfesfreudig unten an der Sprossenleiter auf, als die Wolfsmeute sich dem Baum nähert, halten die Köpfe einander zugewandt und fahren mit ihrem Hinterteil immer in Richtung der angreifenden Wölfe. Nicht immer gelingt es der Wölfin, den kräftigen Hufschlägen auszuweichen, und so gibt sie nach kurzer Zeit auf und verschwindet mit ihren drei Jungen zwischen den Bäumen. Ganz erstaunt haben Custos und Hanno von oben der Verteidigungstaktik der Esel zugeschaut. So viel pragmatisches Geschick hätten sie ihren grauen Lasttieren nie zugetraut. Hungrig und halb durchfroren findet schließlich die Pilgergruppe im Morgengrauen auf den Passweg zum Moncenisio zurück.

Dort treffen sie unerwartet auf eine andere Gruppe, offensichtlich keine Pilger. Ein korpulenter Kanoniker auf einem prachtvollem Pferd ist mit seinem Diener ebenfalls auf dem Aufstieg zum Moncenisio. Aber das Packpferd des Dieners bricht plötzlich zwischen den Schenkeln des reitenden Burschen zusammen, und verendet wie vom Blitz getroffen. Ganz betäubt hockt der junge Kerl neben dem toten Ross, bis ihm der Prälat befiehlt, die Tragtaschen vom Pferd zu schnallen. Er nimmt daraus eine Flasche Piemonteser Wein, einen kleinen Laib Ziegenkäse von Martigny und ein großes Fladenbrot und fordert die Pilgermönche auf, die Esel an einem Zaunpfahl festzubinden und sich an den Strassenrand zu setzen. Ihm stellt der Bursche einen Klappstuhl bereit, hängt dem Pferd den Hafersack um und setzt sich dann auf den Rücken des toten Tieres. Hanno versorgt die Esel und wirft ihnen ein kleines Bündel Heu mit Stroh vermischt hin. Die Rüben, die er als zusätzliches Futtermittel in den Jutesack gepackt hatte, haben Custos und er gestern Nacht in der Not selber verzehrt.

Der Kanonikus teilt nun das Essen aus und beginnt mit Frater Custos ein Gespräch über das Woher und Wohin ihrer seltsamen Reise. Dabei stellt es sich heraus, dass das Ziel des Prälaten aus dem helvetischen Saint-Maurice ebenfalls Lyon ist, die Rhonestadt im burgundischen Herzogtum. Und – jetzt blickt Hanno ganz verwundert zum Geistlichen hoch – es gehe ihm um die Geschichte der Thebäischen Legion, die in Saint-Maurice ihr Martyrium erlitten hätte. „Dann können wir ja zusammen reisen“, meint nun Frater Custos, ohne zu erwähnen, dass auch er und sein Scriptor Hanno die *Passio Agaunensium martyrum* für das Franziskanerkloster von Parma beschaffen wollen.

Der reisegewohnte Kanonikus schickt seinen Burschen nach Susa zurück. Er soll dort ein anderes Tragetier besorgen und – auch wenn es nur ein Maulesel ist – ihm auf den Moncenisio folgen. Er werde ihn auf der Passhöhe erwarten.

Den kräftigen Burschen hätte er nicht wegschicken sollen. Denn kaum ist dieser außer Sichtweite, rennen drei arg zerlumpte Kerle aus der Waldecke auf die Gruppe zu, und bevor Hanno begreift, was das Ganze soll, liegt der Kanonikus rücklings am Strassenrand aus einer großen Kopfwunde blutend. Den Custos stoßen sie einfach weg, ergreifen die Tragtaschen, und verschwinden mit dem Reitpferd des Überfallenen in der gleichen Waldecke, aus der sie eben noch hervorgestürmt kamen.

Frater Custos versucht, den arg zugerichteten Gottesmann aufzurichten. Aber es ist nicht mehr möglich. Sein Kopf hat sich vornüber geneigt und das Blut, das ihm schwärzlich vom Kinn rinnt, verdunkelt die hellroten Knöpfe seines Brustwamses. Custos legt das Haupt sachte zurück, zieht die blutverschmierte *cappa magna* darüber und legt ihm den eigenen Rosenkranz um die zusammengefalteten Hände.

Hanno, noch immer ganz verstört, bindet die Esel los und beide beginnen wie im Traum auf dem knapp erkennbaren Geißenpfad rechts hinaufzusteigen. Dort oben muss die Abtei di Novalesa sein, dort wollen sie Hilfe holen.

Kaum sind sie zwanzig schwere Stapfen die Alpweide emporgekeucht, da kommt von der Räuberseite des Kanonikus treues Pferd herabgetrabt und beginnt an der Leiche seines Herrn herumzuschnuppern. Sofort machen sie kehrt, Hanno tätschelt dem braven Ross den Hals, und Custos liest den Referenzbrief, der aus der Innentasche der *cappa* gefallen war.

Der Tote war ein Augustinerchorherr aus Agaunum im Wallis, der mit seinem Diener über den Grossen St. Bernhard gekommen war, um sich in Lyon eine Abschrift der Märtyrerakten der Thebäischen Legion zu besorgen. Reverendus Candidus de Martureto, so steht es im Empfehlungsschreiben an den Bischof von Lyon, habe bewusst nicht den kürzeren Weg der Rhone entlang, sondern die Legionsstraße gewählt, auf der die christlichen Märtyrersoldaten vor tausend Jahren ins Tal gekommen waren.

Custos und Hanno laden den noch warmen Leib des Chorherrn Candidus auf den Rücken seines Pferdes und binden ihn mit den beiden Bauchgurten fest, die noch an dem verendeten Packpferd herabhängen. Sogleich schreitet der Braune die Passstraße voran, und die doch wandergewohnten Pilger haben Mühe, mit ihren Eseln dem Reitpferd zu folgen. Auf der Passhöhe des Moncenisio übergeben sie Pferd und ehrwürdige Ladung in die Obhut des Hospizgeistlichen mit dem Hinweis, dass binnen eines Tages der Diener des Verstorbenen mit einem Tragetier eintreffen werde.

Frater Custos ist noch zu aufgewühlt, um dem Pater Mauritius vom Überfall zu berichten. So legen die beiden Mönche denn zuerst den Toten in der kleinen Hauskapelle, die eigentlich ein ehemaliges Gästezimmer war, auf eine Tragbahre und stellen am Kopfende zwei Kerzenständer hin. Hanno hat unterdessen zusammen mit dem Hospizknecht das Pferd und die beiden Esel versorgt und steht nun auch an der Totenbahre. Pater Mauritius zündet die Kerzen an, die Mönche ziehen ihre Kapuzen über die Häupter und schon ertönt der dumpfe Mönchschor:

„Requiem aeternam dona ei, Domine,
et lux perpetua luceat ei."

Erst jetzt beginnt Frater Custos mit gedämpfter Stimme zu erzählen, wie sie auf der Passstraße von Straßenräubern überfallen und beraubt wurden.

Der Hospizpater zeigt sich erschreckt, aber keineswegs erstaunt darüber. Schon verschiedene Male habe er Überfallene aufnehmen müssen. Vor allem auf Passgänger in prächtiger Aufmachung und ohne begleitenden Schutz hätten es die Räuber abgesehen. Meistens würden dann die ahnungslosen Leute all ihrer Habe beraubt und zu guter Letzt noch bis aufs Hemd ausgezogen.

Custos und Hanno sind froh, als anderntags die vom Bischof von Lyon versprochene Eskorte auf der Passhöhe eintrifft. Ja, der großzügige Bischof hat ihnen sogar zwei Pferde zur Verfügung gestellt. Sie überlassen deshalb die Esel der Obhut des Hospizknechtes und reiten nun, eskortiert von vier Wachtsoldaten, in schüchternem Stolz und doch nachdenklich den Pass hinab Lyon entgegen. Hanno sitzt gut im Sattel, Custos hingegen wackelt gefährlich auf dem Pferderücken.

Ist es Hanno zu verdenken, dass ihn hoch zu Ross auf einmal ein Tagtraum von einem hübschen Schlossfräulein überfällt? Der von stolzen Gardesoldaten eskortierte Oblate sieht sich unverhofft an der Seite einer höfischen Jungfrau, die im Damensitz auf einem prächtigen Schimmel eben im Begriff ist, ihm die Sieges-Standarte des bestandenen Turniers zu überreichen. Hatte er nicht vor Tagen im Hochsitz über den kämpfenden Eseln den großen Kampftraum geträumt, auf eben diesem Schimmel seinen Todfeind auf schwarzem Schlachtross besiegt, ihn beim ersten Anprall wuchtig aus dem Sattel geworfen?

Hanno greift plötzlich nach dem Speer des Reiters zu seiner Linken, den dieser ihm lachend überlässt; doch dann fährt er sich durch die Haare, schüttelt den Kopf und gibt den Speer dem Soldaten zurück. Die Erinnerung an den Überfall hat ihn in die Wirklichkeit zurückgeholt. Hat er da nicht völlig versagt? Die Esel hätten sich sicher tapfer gewehrt, wenn sie nicht angebunden gewesen wären, und hätten die Räuber wie die Wölfe in die Flucht geschlagen.

AD NONUM:

Während Hanno Lyon entgegenreitet, steigt Gemma eben von dem Wallach herunter, mit dem sie – wie jeden Morgen – auf der Turnierwiese ein paar Runden gedreht hat. Jetzt muss sie nicht mehr am langen Leitseil des Rittmeisters gesichert werden. Im Trab und im gestreckten Galopp sitzt sie schon so fest im Sattel wie beim anfänglichen Schritt und Passgang ihres Lieblingspferdes. Das aufrechte Sitzen hatte ihr der Lehrmeister noch auf einem Pony beigebracht. Nur das Führen des Pferdes durch Schenkeldruck bereitete ihr lange Zeit große Mühe, da hatte ihr sogar der geduldige Wallach zuweilen die Gefolgschaft verweigert.

Jetzt zieht sie sich in die Bibliothek zurück, um in der Sammlung zu stöbern, bis der Hauslehrer kommt, der sie in lateinischer Grammatik unterrichtet und ihr die Dichtungen des italienischen Volgare und der sizilianischen Dichterschule zu erschließen versucht. Sie selber befasst sich allerdings lieber mit der provenzalischen Troubadourlyrik und schaut in den „Spiegel der Seele", seitdem sie einst von den Einleitungsworten bis ins Innerste berührt worden war:

„Das Herz ist so beschaffen", hieß es da, „dass es nicht mit sich selbst übereinstimmt; es hüpft von einem Vorsatz zum andern, es unterläuft seinen Willen, es verändert seinen Rat, es schafft Neues, nimmt das Alte auseinander und setzt das Auseinandergenommene wieder zusammen. Es ist vernarrt in dies und jenes, von vielem ganz besessen, und sucht einen Ort, wo es sich ausruhen kann."

Das traf doch genau auf ihr eigenes Herz zu und wohl auch auf das ihrer Tante im Zisterzienserinnenkloster von Viterbo. Von ihr hatte sie eine der vielen Abschriften bekommen, die im Frauenkloster von der kleinen Handschrift bestanden. Das „Speculum animae", verfasst von einer italienischen Äbtissin, war ein beliebtes und in Frauenklöstern sehr verbreitetes Betrachtungsbuch. Insgeheim hoffte natürlich Schwester Bernarda, dass ihre Nichte Gemma ebenfalls den Schleier ergreifen und als Ordensschwester ihre Nachfolge antreten würde.

Jetzt aber muss diese ihre Herzsprünge auf später verschieben, denn der Lehrer ist eingetreten und beginnt gleich mit dem lateinischen Begrüßungsritual: „*Salve multum, ducis filia!*" „*Salve, mi magister!*" „*Valesne*?" Ja, es gehe ihr gut; nur habe sie für heute einen speziellen Wunsch. „Nur heraus damit!", meint der Lehrer, der zugleich Kaplan der herzoglichen Schlosskapelle ist. In den „Memorabilia" ihrer Großtante, der Amalia von Urslingen, habe sie von König Enzio und seiner Gefangenschaft in Bologna gelesen. Und dass dieser galante und bei allen beliebte Sohn des Kaisers Friedrich auch Liebesgedichte im sizilianischen Volgare geschrieben und der Bologneser Damenwelt vorgetragen habe.

Der Schlosskaplan geht ohne Zögern darauf ein, in jungen Jahren hatte er ja selber für den lebenslang im Palazzo del Podestà eingesperrten Kaisersohn großes Mitleid und viel Respekt gefühlt.

Er werde ihr eine Enzio-Strophe vortragen, aber auch noch ein paar Zeilen hinzufügen, die man als des jungen Königs Lebensrückblick betrachten könne:

Va canzonetta mia,	*So mach dich auf und ziehe hin mein Lied,*
e saluta Messere,	*Der schönen Herrin meinen Gruß zu bringen,*
dilli lo mal ch'i' aggio:	*Von meinem großen Leid sollst du ihr singen.*
Quelli che m'à in bailìa	*Wie fern man mich von ihrer Liebe hält,*
sì distretto mi tene,	*Von ihr, der doch mein ganzes Herz gehört,*
ch'eo viver non porraggio.	*Dass ich den Mut zu leben ganz verlier.*

Klüger doch ist es, man lerne die Kunst:
Nur auf Vernunft (con ragione) noch sein Handeln zu gründen,
Allem sich immer geschickt anzupassen,
Sich zu versichern der Masse Gunst.
Niemand wird dann einen Anlass mehr finden,
Nach deinen Taten mit Tadel zu fassen.

Gemma ist gerührt, vor allem vom Abschiedsgruß. Sie begreife auch, wieso der Gefangene ganz auf die Vernunft setze. Nur so habe er die lange Haft im goldenen Käfig überstehen können, ohne schwermütig zu werden.

„Ich aber will weiterhin mehr auf das Herz hören, auch wenn dieses oft unerklärliche Narrensprünge macht." Der Hofkaplan hat Verständnis und nickt ihr wohlwollend zu, bevor er sich verabschiedet.

Von Hanno hätte sie allerdings erfahren können, dass der heitere Enzio gegen Ende seines Lebens doch recht verbittert war. Zur Tatenlosigkeit verurteilt, musste er den grauenhaften Untergang der staufischen Dynastie miterleben. Im Bologneser Palazzo empfing er auch die Nachricht von der Hinrichtung des 16-jährigen Konradin am 29. Oktober 1268 auf dem Campo Moricinio in Neapel. Vier Jahre später starb er selber nach dreiundzwanzigjähriger Gefangenschaft. „Der illegitime, aber geachtetste Sohn des einstigen Kaisers Friedrich", so berichtet die Chronik Salimbenes weiter, „wurde nach seinem Tode von den Bolognesen einbalsamiert und geehrt, von den Predigermönchen aufgenommen und am gleichen Ort begraben, wo schon der heilige Dominikus lag."

Beim nachmittäglichen Saitenspiel summt Gemma Enzios Verse nach: „Von meinem grossen Leid sollst du ihr singen." Und weil sie im abgeschirmten Bibliotheksraum übt, sieht niemand, wie ihr dabei ein paar Tränen auf den birnenförmigen Korpus ihrer Laute fallen. Sie legt den Federkiel beiseite, mit dem sie die Darmsaiten ihres Instruments bewegt hat, und beginnt eigensinnig, die Saiten mit den Fingern zu zupfen. Eigentlich hätte sie lieber das Harfenspiel gelernt, aber ihr Vater meinte, König Davids Musikinstrument gezieme sich nur für Königskinder und für adelige Nonnen. Seitdem das Herzogtum Spoleto zum Kirchenstaat gehöre, seien sie nicht mehr die Herzogsfamilie von Spoleto. Nur mit gnädiger Erlaubnis des Papstes dürften sie sich weiterhin Herzöge nennen, Herzöge von Urslingen. „Ja, meine liebe Tochter", hatte Rainald von Urslingen gesagt, „wir müssen uns den Gegebenheiten anpassen, und als deutschstämmige und kaisertreue Familie hier im päpstlichen Spoleto bescheiden und unauffällig auftreten."

Hat er ihr aus diesem Grund die ganze Zeit verschwiegen, dass ihre Mutter Adelheid die Tochter des Königs Enzio von Sardinien ist? Oder ist Gemma schon längst heimlich hinter das Geheimnis ihrer Mutter gekommen? Deshalb das besondere Interesse an Gedichten von Enzio? Deshalb ihre heimlichen Nachahmungsversuche und Metrikübungen? Dann müsste die Mutter eigentlich auch wissen, wer die „Messere, die ferne Herrin" ihres Großvaters war. Kaum wagt sie es auszusprechen: *König Enzio, ihr avus, ihr vero nonno.*

Gemma ist heute ganz durcheinander, aber solche Turbulenzen hatte der „Spiegel der Seele" ja vorausgesagt. Eigentlich hätte sie bereits verheiratet sein müssen. Schon mit zehn Jahren war sie dem Markgrafensohn von Tuscia versprochen worden. Der aber war plötzlich gestorben, und niemand wusste etwas über die näheren Umstände. So blieb sie die vergangenen vier Jahre im Palast des Vaters im guelfischen Foligno, in der Burg mit den ghibellinischen Zinnen. Von Zeit zu Zeit brachte ein Bote eine in ein Ledertuch gewickelte Rolle in das herzogliche Schloss, der obligate Brief der Äbtissin des Zisterzienserinnenklosters von Viterbo, Bernarda von Urslingen. Sie berichtete periodisch über die Geschehnisse in Rom und Umgebung und über die Herrschaft der Anjou in Unteritalien und Sizilien. Und am Schluss jedes Briefes stand das übliche Postscriptum: Die carissima Gemma sei im Kloster von Viterbo jederzeit willkommen. Gemma nahm das immer dankbar zur Kenntnis. Mehr als die Briefe der Äbtissin interessierten sie aber die „Memorabilia" ihrer Großtante, Amalia von Urslingen, mit ihren Geschichten über das staufische Unteritalien unter dem Regime Friedrichs II.

AD DECIMUM:

Das Schlüsselwort für Gemma ist Castel del Monte, oder wie es ursprünglich hieß: castrum Sancta Maria de Monte. In den „Memorabilia“ von Grosstante Amalia findet sie die interessantesten Geschichten immer unter diesem Stichwort. Sind es Tatsachenberichte oder sind es erfundene Fantastereien einer älteren, etwas exaltierten adeligen Dame?

Aber Gemma kann es sich gut vorstellen, wie die im Achteck angeordneten Räume des Zauberschlosses Castel del Monte einmal eine Gelehrtenrunde, dann wieder eine fürstliche Gesandtschaft, eine laute Jagdgesellschaft oder eben die anrüchige Gruppe sarazenischer Tänzerinnen beherbergten. Friedrichs Augen hätten etwas Faszinierendes an sich gehabt, schreibt Amalia. Er habe sein Gegenüber nicht einfach angeschaut, sondern geradezu fixiert. Und zwar so, dass jeder sich gezwungen fühlte, irgendwie Stellung zu beziehen. Man konnte nur ergebenst die Augen senken oder in keckem Gegenblick standhalten.

Hat die Großtante das mit eigenen Augen gesehen oder ist es ihr erzählt worden? Der ganze innere Kreis habe diese kaiserliche Gewohnheit nachgeahmt. Immer waren etwa fünfzig Personen um ihn, die alle Neueintretenden mit strengem Blick abtasteten. Besonders die valetti, die Edelknaben des Kaisers, hatten es hierhin schon zu einer beachtlichen Meisterschaft gebracht. Sogar die Sarazenenmädchen, die mit bloßen Füßen auf einer Kugel stehend auf dem Marmorboden hin- und herglitten, streiften den Gast mit versteckten Blicken. Während dieser glaubte, sie würden zu seiner Freude und Unterhaltung ihre Arme und Oberkörper so anmutig im triumphalen Dröhnen der Zimbeln und im Rhythmus der Klanghölzer bewegen, wurde er insgeheim bereits taxiert. Der Mensch ist, wie er sich gibt. Die Erscheinung ist alles.

Gemma trat da in eine fremde Welt ein; das alles war ihr zu raffiniert, zu spektakulär. Der „Spiegel der Seele“ machte sie zuweilen auch unsicher, hängte ihre geheimen Gedanken wie Wäsche an die freie Luft. Aber er schüchterte sie nie ein, gab ihr im Gegenteil Mut und Zuversicht. Und dennoch fühlte sie sich eigenartigerweise angezogen von dieser höfischen Welt. Der orientalische Duft, der über allem lag, stieß sie ab und faszinierte sie zugleich. Und sie erinnerte sich, wie der Sänger aus deutschen Landen, Walther von der Vogelweide, nicht nur die Großzügigkeit Friedrichs II., sondern auch den Großmut Saladins, des Sultans von Ägypten und Palästina, gepriesen hatte.

Die „Memorabilia" Amalias von Urslingen berichten aber nicht nur von Fürstenempfängen und opulenten Gastmählern auf Castel del Monte. Unter dem bestimmten Datum sind wie in einem Diarium auch die berühmten Gelehrtengespräche erwähnt. „Hat der Mensch eine Seele, und ist sie wirklich unsterblich?" war das Thema, das der Kaiser zum Beispiel am 12. März 1235 der Runde von jüdischen, arabischen und christlichen Philosophen und Naturgelehrten gestellt hat. Im Voraus hatte Friedrichs Kanzlei den Kommentar des arabischen Philosophen Averroes zur Metaphysik des Aristoteles besorgt, respektive die lateinische Version aus der Übersetzerschule von Toledo.

Gemäß Amalias Notizen hat der Kaiser gleich in der Einleitung zur Disputation Averroes' These, dass es keine individuelle unsterbliche Seele gebe, zur Diskussion gestellt.

Der jüdische Gelehrte nimmt den Fehdehandschuh auf und stellt dem die Meinung des weltweit bekannten Maimonides entgegen: „Ich glaube mit voller Überzeugung, dass eine Auferstehung der Toten zu der Zeit stattfinden wird, die dem Schöpfer gefällt. Gelobt sei sein Name, und gepriesen sei sein Andenken für immer und in alle Ewigkeit."

Wieder kommen Gemma die Zweifel. Hat das denn Amalia von Urslingen mit eigenen Ohren gehört? Durfte sie, als unverheiratete Frau, in dieser Kolloquiumsrunde überhaupt zugegen sein? Oder war sie gar die Protokollführerin?

Der christliche Vertreter, ehemals Professor der Theologie an der Pariser Universität, meint zum Abschluss selbstbewusst: „Jeder Mensch besitzt eine individuelle unsterbliche Seele. *Roma locuta.*"

Die schriftlichen Stellungnahmen der Universitätsprofessoren von Paris und Toulouse, von Salerno, Padua, Bologna, Neapel und Vicenza, von Salamanca und Sevilla lagen auf den Lesepulten, schön bereitgelegt von den Kanzlisten. Sie wurden aber nicht beachtet, weder von den anwesenden Disputationsteilnehmern noch vom Kaiser. Dieser schloss das Kolloquium auch dieses Mal mit dem gewohnten Satz ab:

„Non puto me esse convictum. Ich kann nicht sagen, dass ich überzeugt wäre." Gemma legt das kleine Buch ihrer Großtante beiseite. Wieso nimmt denn der Kaiser keine Stellung? Wieso sagt er nicht, was er für richtig hält?

Sie hat kein Gehör für gelehrte Spitzfindigkeiten, hätte aber doch gerne gewusst, welcher Meinung der bewunderte Herrscher war.

Hanno hätte ihr das sagen können. Bei Salimbene hat er nämlich gelesen, dass der gottlose Friedrich einem seiner Schreiber den Daumen abhacken ließ, nur weil er in einem Dokument Fredericus statt Fridericus geschrieben hatte. Und auf der gleichen Pergamentseite stand, dass er einen Mann lebendig in ein Fass sperrte, „bis er darin starb, um damit zu zeigen, dass auch die Seele gänzlich zugrunde gehe – *volens pro hoc demonstrare quod anima totaliter deperiret.*"

Nach jedem Gelehrtendisput, notiert Amalia in den „Memorabilia" weiter, habe der Kaiser dann auch eine Meinungsrunde unter den gerade Anwesenden eröffnet, indem er um Interpretation eines Satzes aus einem heiligen Buch bat. Und niemand wusste genau, ob er es ernsthaft meinte, wenn er zum Beispiel Mohammeds Satz „Das Herz des Gläubigen ruht zwischen den Fingern des Barmherzigen" in die gläubige oder ungläubige Runde warf oder um Deutung des Bibelwortes „Das Auge des Herrn macht das Vieh fett" bat.

Erst im Epilog der „Memorabilia" hat Gemma erfahren, wieso Amalia von Urslingen um all die Interna von Castel del Monte so genauen Bescheid wusste. Sie war als Tochter der Herzogin von Spoleto zusammen mit zwei Brüdern und dem anvertrauten

Kleinkind Friedrich in Foligno aufgewachsen. Und wie konnte es anders sein?! Der kleine Friedrich war in die um wenig ältere *suora* verliebt und sie in ihn.

Jedenfalls holte der Kaiser seine Amalia, die bisher als Erzieherin in verschiedenen Fürstenhäusern tätig war, als Hofdame in sein Lieblingsschloss. Dort bereitete sie die üblichen Empfänge vor, hatte die Aufsicht über das ganze Dienstpersonal und amtierte als Betreuerin der sarazenischen Tänzerinnengruppe.

Amalias *confessio* ihrer Freundschaft mit dem Kaiser war den übrigen Familienangehörigen natürlich längst bekannt, aber Gemma gegenüber verschwiegen sie diese, wie sie ihr auch nie vom Großvater Enzio erzählten. Wieso eigentlich? Glaubten sie wirklich, sie würde im päpstlichen Spoleto als kaiserliche Prinzessin in der Öffentlichkeit kokettieren und so die ganze Familie in Verruf bringen?

Etwas später wird Gemma auch das Geheimnis um das Symbol in Salimbenes Chronik über die Kindheit des Kaisers in Foligno lösen. Dem staunenden Hanno wird sie erklären, dass die Kugel auf dem Tau-Kreuz nicht nur die Weltherrschaft Christi bedeuten könne, wie es Frater Custos erklärt hat. Dieses Symbol stehe auch für die Kupferinsel Zypern und die daraus hervorgehende Aphrodite oder Venus. Es könnte also ein Hinweis Salimbenes sein, dass die Liebesgöttin in der Gestalt der Herzogin oder ihrer Tochter Amalia in der Kindheit des Kaisers eine prägende Rolle gespielt hat.

Aber wie gesagt, davon erfährt Hanno erst später.

AD UNDECIMUM:

Als die beiden eskortierten Franziskaner in Lyon ankommen, begeben sie sich – jetzt wieder beide zu Fuß – sogleich zum Franziskanerkonvent neben der Bonaventura-Kirche. Frater Custos muss sich salben lassen, er hatte auf dem langen Ritt die Reiterkrankheit erwischt, wie sie jeder bekommt, der so selten auf einem Pferde sitzt.

Nach dem einfachen Essen, das die interessierten Mitbrüder den beiden vorsetzen, berichten sie aber nicht sofort von ihrer Reise und dem Auftrag, den sie in Lyon zu erfüllen haben. Ohne an der gemeinsamen Abend-Complet teilzunehmen, gehen Custos und Hanno in die angebaute Kirche zum Grab des Ordensheiligen Bonaventura. Sie hatten nämlich unterwegs diskutiert, inwiefern auch ein Bettelbruder ohne adelige Herkunft, wie sie Salimbene de Adam vorweisen konnte, seinen Stolz haben darf. Stolz sein wie ein Benediktinermönch von Cluny oder ein kirchenbauender Zisterzienserprior oder ein Augustinerchorherr von Saint-Maurice oder wenigstens wie ein Dominikaner, der sich auf seine feurige Predigt zu viel einbildet.

Durfte man nicht stolz sein, im Dienst des Herrn der Welt zu stehen? *Sacerdos in aeternum secundum ordinem Melchisedech*! Eigentlich war es keine Diskussion gewesen, sondern ein Vortrag von Frater Custos, der sein Pferd ganz eng an jenes von Hanno herangeführt hatte. Nicht nur, damit dieser ihn besser hören konnte; so war auch die Gefahr, vom Pferde zu fallen, für ihn selbst bedeutend kleiner.

Der Oblate Hanno hatte dem Priester andächtig zugehört und ihn dann immer mit dem rechten Arm wie zufällig gestützt, wenn dieser während seiner Rede gegen ihn zu kippen drohte.

Hat Frater Custos eventuell die *laudatio de superbia* nur gehalten, um von seiner hilflosen Reitkunst abzulenken? Hanno war sich da nicht sicher; jedenfalls hatte ihm Frater Servatius, der Miniaturenmaler im Konvent von Parma, des Öfteren zugeflüstert, dass er die stolze Überheblichkeit des Skriptoriumsleiters Custos kaum mehr ertragen könne. Und er war es auch, der Hanno vor seiner Abreise angewiesen hat, er solle doch seinen Meister und Begleiter in Lyon zum Grab des seligen Bonaventura führen und ihn die Grabinschrift lesen lassen. Hanno verzichtete darum auf die geliebte Complet und drängte den hinkenden Magister unter einem dubiosen Vorwand in die Kirche.

Auf der Grabplatte Bonaventuras lesen sie halblaut:

„Homo humilis est capax Dei – Nur der demütige Mensch ist gottfähig."

Hanno hat im Stillen erwartet, dass sein gelehrter Theologe und Vorgesetzte ein wenig einknickt. Dieser aber beginnt nur laut darüber nachzudenken, was „capax Dei, gottfähig" alles bedeuten könnte. Hanno hört gar nicht richtig hin. Seine beschränkten Lateinkenntnisse kompensiert er aber mit seinen spontanen Herzensregungen: „gottfähig" bedeute für ihn einfach „offen für das Göttliche".

Eigentlich findet Frater Custos das auch durchaus treffend, aber er will es nicht sofort zugeben und zitiert eine andere Stelle aus Bonaventuras Collationes, Reden, die er an der Universität Paris gegen den aufkommenden Averroismus gehalten habe:

„Der Mensch ist ein leibseelisches Wesen; deshalb muss er als ganzer, mit Leib und Seele, ewig sein. Die Form des Zusammengesetzten ist nämlich vollkommener als jeder beliebige Teil. Weil die Vollendung von Gnade und Glorie die Vollkommenheit der Natur voraussetzt, so muss der ganze Mensch, nicht nur die Seele verklärt werden."

Hanno ist zu müde, um der Argumentation Bonaventuras zu folgen. Custos will offensichtlich nur seine Gelehrsamkeit demonstrieren. Diese feinen *distinctiones* der Scholastiker sind dem pragmatischen Oblaten überhaupt zuwider. Er will nicht über das Grundschema von These, Antithese und Synthese hinausgehen, das ihm Custos seinerzeit beigebracht hat. Heute Abend schon gar nicht.

Hingegen hätte Frater Custos damit in der Gelehrtenrunde Friedrichs wohl einiges Aufsehen erregt. Nicht nur die Seele sei unsterblich, sondern auch der Leib. Der Kaiser hätte da mit seiner Averroes-These, dass es keine individuelle menschliche Seele gebe, kaum das Feld räumen wollen. Schließlich hat er beim Fass-Experiment nach dem Tode des Eingesperrten auch keine Seele durch das offene Spundloch entweichen sehen.

Aber auch Custos mag jetzt nicht weiter parlieren. Sie gehen zurück in den oberen Chorraum und können gerade noch beim Schlusshymnus der Complet mitbeten. „Nun entlässt du Herr deinen Diener in Frieden …", und wiederum ist es Hanno, als seien die Worte Simeons speziell an ihn gerichtet, und er glaubt, die schützende Hand Gottes auf seiner Schulter zu spüren.

Als sich die beiden Franziskusjünger anderntags zum Palast des Erzbischofs von Lyon begeben, werden sie von seiner Exzellenz Erzbischof Adhémar de Roussillon persönlich an der Pforte begrüßt und in den fürstlich ausgestatteten Empfangsraum geführt. Dort nimmt der Archiepiscopus mit ernster Miene Salimbenes kopierte Chronik entgegen und legt sie – um die Feierlichkeit des Augenblicks zu betonen – auf ein Purpurkissen, das ihm der Bischofsvikar geflissentlich hinhält. Custos und Hanno verneigen sich, küssen den Ring an des Erzbischofs linker Hand und folgen dem Bischofsvikar, der ihnen das große Gästezimmer im Palast zuweisen soll.

Adhémar de Roussillon hatte nämlich bestimmt, dass die beiden nicht im heimischen Franziskanerkloster, sondern in seiner Nähe im Palast untergebracht werden. Und er hatte auch bestimmt und es mit seinem Ring, der zugleich ein Siegelring war, auf einem Pergamentblatt bestätigt: Die *messer* Custos und Hanno von Parma werden während ihrer ganzen Auftragsarbeit in der Bibliothek im Palast verpflegt und betreut. Ein Diener steht eigens zu ihren Diensten.

Von dieser bevorzugten Behandlung werden sie ihren Mitbrüdern bestimmt nichts sagen.

AD DUODECIMUM:

Seit einer Woche arbeiten die beiden Franziskusjünger in der Bibliothek des erzbischöflichen Palastes von Lyon. Jedem wurde ein spezieller Arbeitsplatz zugeteilt. Für Hanno wurde gar ein kleines Skriptorium eingerichtet. Er sitzt an einem verstellbaren Lesepult, dessen Schreibfläche er je nach Bedürfnis schräg stellen oder ganz flach legen kann. Auf einem ausklappbaren Brett stehen Tintenfässchen und kleine Farbtöpfe, und aus einer Holzvase schaut ein ganzes Bündel von Schreibfedern heraus, Gänsefedern von verschieden feinem Zuschnitt und feine und grobe Metallfedern, die je in einem Holzschaft stecken.

An der linken Seite seines Schreib- und Malpultes steht ein Eisengestell, das ein kleines Wasserbecken über einem Kohlenfeuer trägt. Auf einem kleinen Tischchen daneben liegen in einer Tonschale verschieden feine Haarpinsel und weitere Tonschalen mit Kreide, Kalk, Wachs und Honig.

Auf Augenhöhe steht links vom Lesepult ein Buchständer. Darauf ist die Titelseite einer Handschrift geöffnet:

„Eucherii Lugduni Passio Agaunensium Martyrum.“
Incipit passio Sancti Mauricii cum sociis suis
qui passi sunt sub Maximiano imperatore
pridie decima Kal. Octobr.
So beginnt die Geschichte des Martyriums des Heiligen Mauritius,
das er mit seinen Gefährten unter dem
Kaiser Maximianus Ende September erlitten hat.

Hanno ist eben daran, die Initiale I von *incipit* auszugestalten. Wie er es bei Frater Servatius in der Schreibstube von Parma gelernt hat, beginnt er mit einer sorgfältigen Vorzeichnung. Er will in die Initiale den Autor der Märtyrergeschichte, den Bischof Eucherius, hineinsetzen. Mit einem Bleistift setzt er ein großes, breites I wie einen flachen Wandpfeiler hin und zieht vom Kapitell aus einen Halbkreis zum Fuß des I-Pilasters.

In dieses Halbrund hinein stellt er einen Stuhl und setzt den Bischof mit Mitra und Bischofsstab darauf. Den Stab drückt er ihm in die linke Hand, und in die rechte legt er ihm ein Buch, auf dessen Außendeckel man noch knapp „Passio Sancti Mauricii" lesen kann.

Die Bleistiftzeichnung zieht er nun nicht einfach mit roter Tinte nach, wie ihm Frater Custos geraten hat. Wenigstens den Einstieg in das berühmte Martyrium der Thebäischen Legion will er mit einer prächtigen Miniatur ausstatten, nur diesen Anfang. Nachher will er dann zügig mit dem Kopieren beginnen, damit er rechtzeitig mit der Auftragsarbeit fertig wird.

Mit einer Farbschicht überdeckt Hanno die Bleistiftzeichnung, sodass die Linierung verschwindet. Für den Bischof mit Mitra, Krummstab und Buch verwendet er Deckfarbe und schattiert anschließend die Gesichtszüge des Mannes und die Falten seines Pluviale, seines liturgischen Obergewandes. Die Krümmung des Stabes kommt ihm jetzt doch nicht so gelungen vor. Er greift zum Federmesser, radiert sie aus und zieht die Rundung nach. Den Hintergrund der Szene darf er mit Blattgold verzieren. Für diesen Arbeitsgang musste er aber den Illuminator der erzbischöflichen Kanzlei zurate ziehen. Im Skriptorium von Parma hatte er nämlich kein teures Blattgold zur Verfügung, sodass er die entsprechende Technik erst hier in der wohlhabenden Kanzlei des Erzbischofs Adhémar de Roussillon lernen kann.

Nicht weit von Hannos Skriptorium entfernt war dem gelehrten Frater Custos ein großer Tisch eingerichtet worden, auf dem gleichsam als Präsenzbibliothek verschiedene Chroniken zwischen zwei Bücherstützen standen. Den Standort des Arbeitstisches hat Custos selber bestimmt, er wollte nämlich immer auch Hanno im Auge behalten können. Aus diesem Grunde hatte er beim Erzbischof auch erreicht, dass Hanno nicht wie üblich sein Kopierwerk in der erzbischöflichen Schreibstube verrichten durfte, sondern in seine Nähe in die Bibliothek versetzt worden war.

Zuerst nimmt sich Frater Custos die *Annales Lugdunenses* vor, und zwar jenen Band der Reihe der Lyoner Geschichte, der die Jahre 1236–1246, das heißt. die Herrschaftsjahre des Erzbischofs Aimeric de Rives betrafen. Zur Zeit dieses Erzbischofs fand nämlich das Erste Konzil von Lyon statt, einberufen von Papst Innozenz IV. auf den 24. Juni, eröffnet am 28. Juni 1245.

Am Chronik-Tisch fühlt sich Custos in seinem Element. Endlich kann er sich tagelang ungestört in die Handschriften versenken und sich Notizen in sein eigenes Erinnerungsbuch machen. Dieses trägt den einfachen Titel „Notitiae", hatte aber schon im heimischen Kloster in Parma den Ruf eines zuverlässigen Zeitenkatalogs, in dem die wichtigsten Ereignisse der letzten 50 Jahre fein säuberlich aufgelistet sind. Natürlich ist er – anders als Salimbene – selten als Augenzeuge dabei gewesen. Das Meiste entnahm er zeitgenössischen Chroniken und Jahresbüchern, wie zum Beispiel das abenteuerliche Erscheinen des jungen Friedrich vor Konstanz.

Jetzt wirft Custos einen Blick in Hannos Schreibecke. „Erinnerst du dich, Hanno, als ich dir aufgrund meiner Notizen aus der Chronik des Burchard von Ursberg die Odyssee des jungen Königs von Sizilien durch ganz Italien bis an den Bodensee geschildert habe? Du warst ganz fasziniert von diesem Husarenstück des späteren Kaisers und sagtest, du wüsstest nun, wieso man ihn ‚*stupor mundi*', das Staunen der Welt, genannt habe."

Die beiden Franziskusjünger fühlen sich ausgesprochen wohl in den kostbar ausgestatteten Räumen des erzbischöflichen Palastes. Da riecht es nicht so intensiv nach Kohl und Karotten wie in den kalten Gängen des heimischen Klosters in Parma. Und bei Sonnenuntergang sind sie in all den Wochen an den Gästetisch des Kirchenfürsten geladen. Was da an Speisen von livrierten Dienern aufgetragen wird, bringt die beiden ins Staunen und zugleich in sichtbare Verlegenheit. Der Mönch gehört dem niederen Klerus an und ist gewohnt, im Kloster mit den einfachen Speisen der Bauersleute vorlieb zu nehmen. Fladenbrot und Brei aus gemahlenen Eicheln und Blättern der Eberesche, von Haselnusssträuchern oder Weißdorn oder Brei aus Haferschrot kamen auf die langen Holztische an den Wänden des Refektoriums. Dazu Kohl oder Rüben als Beilage und zum Nachtisch etwa Eier, Käse und einheimische Früchte – außer in der Fastenzeit.

Der franziskanische Küchenchef in Parma hielt sich an die Devise „Pan y vino", Brot und Wein für den einfachen Mönch, und beachtete im Übrigen das Fleischverbot der hierzu maßgeblichen Benediktinerregel. Bei größerer Kälte ließ er allenfalls noch eine kräftige Gemüsesuppe auftischen.

Als Bischof Adhémar de Rousillon sah, wie der gelehrte Frater Custos am ersten Abend mit großen Augen auf die Wildbretplatte schaute, drehte er zuerst genüsslich an seinem Herrschaftsring, winkte dann einen Lakaien herbei und deutete ihm an, er solle dem hageren Mönch ein kräftiges Stück Hirschbraten auf den Zinnteller legen. Für Hanno hingegen war der Anblick einer großen Fleischplatte nichts Ungewohntes, auch wenn es kein Jagdfleisch war, das vor Martini jeweils auf den Bauerntisch kam. Immerhin konnte man nach dem Tribut an den Lehensherrn noch mächtige Stücke an Schweinespeck, Schaf- oder Ziegenfleisch in den Rauchabzug des Kamins hängen. Und auch für die Leibeigenen verblieben noch große und kleine Würste aus den Innereien der Nutztiere.

Über Nacht war es Herbst geworden in der Rhonestadt, und zwar ein Herbst, der bereits den kommenden Winter ankündigte. Der adelige Erzbischof von Lyon hatte noch vorige Woche in seinem Revier die Jagd begonnen. Und wahrlich, in den Wäldern um Lyon und am Rhoneufer wimmelte es von Hirschen, Rehen, Wildschweinen, Hasen, Enten und Rebhühnern. Alles, was fleucht und kreucht geriet letztlich in die Netze der Jäger, fiel in eine Fallgrube oder wurde, von den Hunden gehetzt, von einem Pfeil oder einer Lanze getroffen.

Das seien alles Geschöpfe Gottes, über die der Mensch gemäß dem Genesisbuch der Bibel herrschen müsse, meinte Sire de Roussillon. „Im Übrigen", und damit wandte er sich an Frater Custos, „spricht die Benediktsregel nicht von einem allgemeinen Fleischverbot für Mönche, sondern gestattet ausdrücklich den Kranken den Genuss von Fleisch, damit diese umso eher wieder gesund werden."

Damit erhob der Erzbischof seinen Zinnbecher und prostete mitsamt der Gästeschar den beiden Franziskanern zu: Ganz bewusst versorge er sie mit gutem Essen und gutem Wein, um sie bei Kräften und guter Laune zu halten. Die Chronik des Salimbene fülle nämlich eine große Lücke in seiner Bibliothek, da sie die Jahrbücher der Lyoner Geschichte in ihrer wichtigsten Periode bestens ergänze. Hanno und Custos waren ganz verwirrt über so viel Ehre. Sie rutschten auf ihren Stühlen so weit nach vorn, dass diese fast umkippten, und vergaßen völlig, den Trunkgruß mit erhobenem Becher zu erwidern.

Ad decimum tertium:

Was der Chronistenverehrer Custos schon in der ersten Woche zu Gesicht bekam, war viel genauer, als er je erwartet hatte. Bei Salimbene war zwar das Erste Konzil von Lyon des Jahres 1245 mehrmals angeführt, aber nur wegen der Absetzung Friedrichs II. als römischer Kaiser deutscher Nation.

Die Annalen von Lyon der Herrschaftsjahre von Aimeric de Rives nannten nun aber viele Einzelheiten dieses folgereichen Konzils. Nicht nur die Namen der teilnehmenden hohen Prälaten und die Abgesandten des Kaisers waren aufgeführt, auch die Eröffnungs- und Schlussrede von Papst Innozenz IV., die einzelnen Beschlüsse, und überhaupt das ganze Prozedere der Versammlung mit ihren Ritualen und feierlichen Zeremonien fanden Erwähnung. Und was dem Doctor theologiae frater Bonaventura vulgo Custos aus Parma am meisten Freude machte: Unter den Chroniken seines Arbeitstisches befand sich auch jene des Matthaeus Parisiensis, der neben Salimbene die berühmteste Chronik des 13. Jahrhunderts verfasst hatte. Beide Bände des Matthaeus von Paris standen direkt vor den Augen des begeisterten Custos: Die *Chronica maior,* welche bei der Schöpfung einsetzt und bis ins Jahr 1259 reicht, und die *Chronica minor,* die von 1259 an aus ghibellinischer Sicht die Zeitgeschichte erklärt.

Dass die Chronica minor auch *sive Historia Anglorum* im Titel trägt, hat Custos als kritischer Historiker nicht übersehen. Er weiß, dass Parisiensis nur Familienname des Benediktinermönchs im englischen St. Albans bei London ist, und freut sich, in dieser Geschichtsschreibung eine Gegenposition zu Salimbenes papsttreuer Stellungnahme zu haben.

Noch etwas hat Custos, den man im heimischen Kloster in Parma stets als etwas versponnenen philosophischen Grübler belächelte, in der reichen Bibliothek des Erzbischofs von Lyon entdeckt: die *Acta Imperii ad 1245,* die Akten der Staatskanzlei Friedrich II. zum Jahr, in dem das Konzil von Lyon stattfand.

Wie der damalige Lyoner Erzbischof Aimeric de Rives zu diesen Aktenblättern gekommen ist, konnte Custos nicht erfahren. Vielleicht auf bewusste Vermittlung des Kaiserlegaten Thaddeus von Sessa hin, der in den verschiedenen Vorverhandlungen die drohende Absetzung Friedrichs als König von Sizilien und Kaiser des Römischen Reiches vor Ort zu verhindern versucht hatte.

Aber auch der Papst hatte damals seinen Propagandaminister, nämlich Kardinal Rainer von Viterbo. Dieser war nach der Flucht von Innozenz IV. nach Lyon im italienischen Patrimonium Petri geblieben und hatte von Viterbo aus seine Flugschriften gegen den Kaiser verbreitet. Das aber konntest auch du nicht wissen, Custos, denn die Vita Innocentii IV. von Nicolaus de Carbio war in der erzbischöflichen Bibliothek von Lyon nicht vorhanden. Auch Salimbene wusste nichts davon – er erwähnt ja häufig auch nur das, was er „mit eigenen Augen gesehen" oder in einer früheren Chronik gefunden hatte.

Magister Custos hat die *Chronica minor* des Matthaeus Parisiensis der Chroniken-Reihe entnommen, die Schrägstütze auf den Arbeitstisch gestellt, den Folioband darauf gelegt und ihn auf der Seite geöffnet, wo oben am Rand „ad 1245" steht. Jetzt beginnt er zu lesen, fährt mit dem Zeigefinger der linken Hand die Zeilen entlang und macht mit der rechten eifrig Notizen in sein Erinnerungsbuch.

In Sichtweite von ihm beugt sich Hanno über die Märtyrerakten der Thebäischen Legion, kopiert sorgfältig Zeile um Zeile und achtet darauf, wo er eventuell wieder unbemerkt eine kleine Miniatur in den Text einfügen könnte.

Am späteren Abend, wenn sie nach einem kleinen Rundgang durch den Park des Palastes das üppige Abendmahl halbwegs verdaut haben und vom nahen Franziskanerkloster der Complet-Gesang zu hören ist, werden die beiden Franziskusjünger sich in ihr Gästezimmer zurückziehen, dort ihre Tagesarbeit nochmals durchgehen und den Tag wie gewohnt mit dem Gesang des Simeon beschließen: „Nun entlässt du Herr deinen Diener in Frieden."

Schon nach wenigen Tagen kann Custos dem eifrigen Hanno über den Verlauf des Ersten Konzils von Lyon berichten: dass sich nur etwa 150 Prälaten, vor allem spanische, italienische und französische Bischöfe, Äbte und Prioren, in Lyon eingefunden hätten. Fast vollständig habe es an deutschen, sizilianischen und ungarischen Bischöfen gefehlt, und der treue Berard habe nicht etwa als Erzbischof von Palermo am Konzil teilgenommen, sondern als Sachwalter des Kaisers.

„Die Konziliaren versammelten sich", so fährt Magister Custos fort, „in der Primartialkirche Saint-Jean am 17. Juli 1245 zur letzten Vollversammlung." Am erhobenen Haupt und am höheren Ton merkte Hanno, dass nun der Lehrer zum Schüler spricht und volle Aufmerksamkeit fordert.

„In der Apsis vor der *cathedra* des Erzbischofs saß auf erhöhtem Thron Papst Innozenz IV. An seiner linken Seite hatten Kaiser Balduin von Konstantinopel und die Grafen von Toulouse und der Provence Platz genommen, rechts von ihm saßen die Patriarchen von Konstantinopel, Aquileja und Antiochien. Hinter ihnen erblickte man im Halbkreis die purpurroten Kurienkardinäle."

Hanno wird unruhig. Ihn interessiert die Teilnehmerliste nicht, noch weniger die Sitzordnung der hohen Geistlichkeit. Er will nur hören, ob der Kaiser auch zugegen war und, weil er von seiner Absetzung gehört hatte, wie er von wem verteidigt wurde.

Custos aber sieht kurz in sein Notizbüchlein und fährt dann unbeirrt fort: „Plötzlich verlangte ein russischer Bischof das Wort. Da er aber weder lateinisch noch griechisch sprach, musste erst ein Dolmetscher herbeigerufen werden. Zum Erschrecken der ganzen Versammlung schilderte der Bischof, wie entsetzlich die Mongolen in den Ostländern gewütet hatten und immer noch wüteten. Auch Papst Innozenz war tief beeindruckt, und eine ganze Weile herrschte Stille in der Kathedrale."

Jetzt meldet sich aber Hanno mit der Frage, ob denn der Papst den Brief des mongolischen Großkhans an ihn nicht gelesen habe. Darin spreche er ja von diesen Überfällen auf den Westen und dass diese fortgesetzt würden, falls die Mächtigen des Abendlandes sich ihm nicht unterwerfen wollten.

„Darüber schweigt die Chronik des Matthaeus", erwidert Frater Custos kurz und nimmt den Faden der Erzählung wieder auf.

„Nach dem Stillschweigen erhebt sich Innozenz IV. von seinem Sitz. Der Archidiakon setzt ihm die Tiara aufs Haupt und gibt ihm den langen Kreuzesstab in die Linke. Mit erstickender Stimme zählt der Papst nun die fünf Leiden der Kirche auf und vergleicht sie mit den Wundmalen Christi. Ad primum: der Mongoleneinfall. Ad secundum: die Abspaltung der griechischen Kirche. Ad tertium: die Ketzerei, vor allem in der Lombardei. Ad quartum: der Verlust Jerusalems. Ad quintum: die Feindschaft des Fürsten (womit er den Kaiser meinte, ohne seinen Namen zu nennen).

Nun geht ein großes Raunen durch die Reihen der Kirchenfürsten. Die englischen Bischöfe schütteln den Kopf; sie vermuten, dass es dem Papst in erster Linie um das fünfte Traktandum geht, um die Absetzung von Friedrich II. Da erhebt sich vorne rechts aus der Loge, die für den abwesenden Kaiser reserviert war, ein mächtiger Mann mit einer Löwenmähne. Es ist Thaddeus von Suessa, der Großhofrichter und Advokat des Kaisers. Mit unerschrockener Stimme und in gewandten Worten zerpflückt er die verschiedenen Anklagen gegen seinen Herrn. Auch der Papst habe Verträge gebrochen; niemand könne den Kaiser der Ketzerei überführen, niemand könne beweisen, dass der Kaiser die Gebote der Kirche missachte; er besitze keinen Harem sarazenischer Mädchen, die Tänzerinnen seien zur Unterhaltung der Gäste bestimmt; seine Freundschaft mit den ungläubigen Fürsten habe dem Frieden gedient und am Fall Jerusalems trage der Kaiser keine Schuld. Der greise Berard, Erzbischof von Palermo, der neben Thaddeus in der Kaiserloge Platz genommen hat, bestätigt mit eifrigem Kopfnicken das Verteidigungsvotum des kaiserlichen Legaten."

Noch im Zimmer, wo die beiden doch allein sind und Custos nur das am Tag in der Chronik Gelesene nacherzählt, spricht Custos wie ein offizieller Berichterstatter oder wie der Bote im antiken Drama, der von der Stadtmauer aus in pathetischen Worten den Hergang einer Schlacht vor den Mauern schildert.

Hanno wenigstens empfindet es so, aber er darf es sich nicht anmerken lassen, sonst fällt sein Meister und Lehrer in jenen ermüdend gleichförmigen Ton, den er immer beim abschließenden Simeons-Hymnus anschlägt. Singen tun sie dieses Abschlussgebet nicht mehr. Im Wechsel beten sie die einzelnen Verse vor und ihre Stimmen werden immer leiser und stockender. Denn die vorausgehende Geschichtslektion hat beide doch recht angestrengt, den einen beim Reden und den andern beim Zuhören.

So ganz überzeugt von der Entgegnung des Kaisergesandten ist aber auch Custos nicht, und Hanno muss sich widerwillig durchs rötliche Haar fahren. Die beiden Salimbene-Kenner erinnern sich verschiedener Schandtaten des Kaisers. Den feigen Überfall der Kaiserlichen auf die genuesischen Schiffe, welche die Prälaten Frankreichs, Spaniens und Oberitaliens zu einem Konzil nach Rom hätten bringen sollen, verschweigt Friedrichs gewiefter Verteidiger. Davon sagt auch die kaiserfreundliche Chronik des englischen Benediktinermönchs Matthaeus nichts. Auch nichts vom Aufruhr der spanischen Bischöfe, die sich *in corpore* erhoben hatten und die schändliche Behandlung der gefangenen und somit verhinderten Konzilsteilnehmer in das Kirchenschiff hineinriefen; hineinbrüllten, müsste man eigentlich sagen.

Die Sache des Kaisers steht nicht gut. Wird Petrus de Vinea, der kaiserliche Staatssekretär, das Blatt noch wenden können? Thaddaeus von Sessa und Berard von Palermo haben den Kaiser über die Schieflage informiert und nach Petrus als letzten Retter verlangt.

Der hochgebildete und weltgewandte Petrus de Vinea spricht und schreibt besseres Latein als jeder Kurienkardinal. Wird er den Papst und die Versammlung noch umstimmen können? Denn auf diesem Lyoner Konzil führt offensichtlich das gegenseitige Misstrauen Regie. Der Papst misstraut dem Kaiser und der Kaiser misstraut dem Papst. Aber richtet sich das tiefere Misstrauen des Kaisers nicht überhaupt gegen alle Menschen? Hat er eventuell nie mehr Vertrauen finden können, seitdem er als kleiner, elternloser Junge im geschäftigen Palermo hin- und hergeschoben und von den Mächtigen zur hilflosen Geisel gemacht worden war?

Hat er sich wirklich zum letzten Mal – noch kaum vierjährig – auf dem Schoss der Pflegemutter im Herzogsschloss von Foligno richtig behütet und geborgen gefühlt?

Custos und Hanno zerbrechen sich den Kopf. Wie oft schon haben sie am Abend ins Innere der Kaiserseele vorzudringen versucht. So gerne würden sie, vor allem Hanno, den Kaiser vorbehaltlos bewundern, aber immer wieder werden sie durch die Salimbene-Notizen zurückgehalten. Kann ein so intelligenter und hochgebildeter Mann, der verschiedene Sprachen spricht, Colloquien mit Gelehrten verschiedener Großkulturen durchführt, eine Universität gründet, die Organisation eines ersten modernen Staates mit detaillierter Gesetzgebung und Beamtenapparat in die Wege leitet, die Künste fördert und gar selber Liebesgedichte schreibt, eine so brutale Seite in seiner Seele haben? Hat Wissen nichts mit dem Gewissen zu tun? Die *scientia* nichts mit der *con-scientia*? Oder ist das Misstrauen eine derart große Macht, dass sie alle andern Seelenregungen wegzuschwemmen vermag? Custos und Hanno sind konsterniert.

Wie sie aus der Matthaeus-Chronik erfahren haben, dass Petrus de Vinea am Konzil noch einen letzten Verteidigungsversuch hätte unternehmen sollen, trat ihnen sein furchtbares Ende vor Augen. Der misstrauische Friedrich wird seinen tüchtigsten Mann, den Protonotar und Logotheten Petrus de Vinea, eines Tages plötzlich des Hochverrats beschuldigen. Der Mann, den er „innig liebte und über alle andern Leute an seinem Hof hochhielt“, wie Salimbene in seiner Chronik schreibt, wird geblendet und auf einem Esel sitzend im Tross mitgeführt, wenn der Kaiser von Cremona aus durch die Toscana nach Süden zieht. Mit den Worten Hiobs (19,19) hat der Kaiser seinen brillantesten Getreuen weggestoßen, respektive „in den Staub zurücksinken lassen, aus dem er ihn erhoben hatte“:

„Alle meinen Getreuen haben sich von mir gewendet,
und der, den ich am meisten liebte, ist von mir gewichen.“

Fühlte er sich auch von Innozenz IV. verraten, als dieser seinen Friedensverhandlungen misstraute und über Genua nach Lyon auswich?

Custos und Hanno repetieren die gemeinsamen Salimbene-Stationen der beiden Gewaltigen. Der ehemals staufisch-ghibellinisch gesinnte Kardinal Sinisbaldo Fieschi, Graf von Lavagna, war im unerschütterlichen Machtbewusstsein ein heimlicher Konkurrent des Stauferkaisers. Schon im Schachspiel Sinisbaldo contra Federigo führte jeder eine Armee von Hintergedanken gegen den andern über das Brett. Und meistens gewann der taktisch schlaue Staufer gegen den kalt berechnenden Kardinalsfürsten. Zum Papst gewählt aber nahm Kardinal Fieschi den Namen Innozenz IV. an. Das war auch ein Schachzug, der den Kaiser an Innozenz III. erinnern sollte, der die geistliche Vorherrschaft im Abendland institutionalisiert hatte. Aber Friedrich II. sah nur die Person des Papstes und nicht das Amt und fühlte sich ein weiteres Mal verraten.

In Salimbenes Sinne drehen sich abends die Gedanken der beiden historisierenden Nachzügler. Erreichen sie denn die Höhe, Weite und Tiefe ihrer Hauptfiguren? Verstehen sie einen Innozenz IV., der von sich sagt: „*Sedens ago*, im Sitzen bewege ich die Dinge"? Verstehen sie diese hinterhältige Gelassenheit? Und begreifen sie diesen eigentümlichen Kaiser, der die Falkenjagd mit wissenschaftlichem Eifer betreibt und mit einem derart auffälligen Gefolge von exotischen Figuren, Menschen und Tieren durch sein Imperium zieht, dass die ganze Welt vor Staunen den Mund aufsperrt und ihn nicht mehr schließen kann?

Hanno und Custos sind hin- und hergerissen, fasziniert und wieder abgestoßen. Magister Custos blättert dann in seinem Notizbüchlein zurück, um vielleicht in einer früheren Bemerkung des Matthaeus Parisiensis eine Antwort zu finden. Du wirst keine finden, *doctor* Custos! Nicht erst die Nachwelt, schon die Zeitgenossen haben diesen Stauferkaiser nicht verstanden. Und sie haben auch nicht verstanden, wie der Stellvertreter Christi auf Erden einen solchen Hass gegen das weltliche Oberhaupt entwickeln konnte.

Custos kann den Fortlauf des Konzils nicht am gleichen Abend erzählen. Das Hin und Her der Gedanken hat sie erst aufgeregt, wütend gemacht, dann kam eine Art Lethargie über sie. Sie schütteten kaltes Wasser aus dem Nachttischbecken über Gesicht und Hände, um sich abzukühlen und vielleicht doch einschlafen zu können. „Nun entlässt du Herr deinen Diener …", haben sie diesen Abend noch unter den Daunendecken begonnen, es aber nicht mehr zu Ende gebracht. Auch das gemeinsame Gebet für die geistliche und weltliche Obrigkeit, das sie sich vorgenommen hatten, haben sie heute einfach vergessen. Hanno versucht es noch still vor sich her zu murmeln, schläft dabei aber ein, den roten Haarschopf tief ins schneeweiße Seidenkissen vergraben.

Ad decimum quartum:

Anderntags wirst du, gelehrter Custos, unverdrossen mit deinem Konzilsbericht fortfahren. Auch Hanno hat wieder seine Mitte gefunden. Er arbeitet geradezu frohgemut an seiner Märtyrergeschichte. Der Mut der thebäischen Legionäre gefällt ihm. Und am Abend wird er wieder mit neuem Interesse dem Rapport seines Magisters zuhören.

„Gibt es hienieden Schmerzen, die den Unsern gleichen!", ruft der Papst in die Reihen der Prälaten hinein und bleibt mit seinem Blick bei der Kaiserloge stehen. Thaddeus von Sessa und Erzbischof Berard von Palermo halten seinem Blick ungerührt stand. Die Delegation von Petrus de Vinea ist nicht eingetroffen. Seine Intervention hätte auch nichts mehr genützt, denn Innozenz IV. ist fest entschlossen, das Konzil *hic et nunc* mit der Absetzung des Kaisers zu beenden. Auch den letzten Protest englischer und französischer Delegierter, die – von ihren Königen beauftragt – bis zuletzt gegen die Absetzung des Kaisers votierten, hat Innozenz entrüstet zurückgewiesen.

Der Archidiakon übergibt ihm eine Pergamentrolle, die aussieht wie eine jener Thora-Rollen, die am Sabbat in der Synagoge verlesen werden.

„Die *scelera principis* sind an den Tag gekommen", liest der Papst mit eindringlicher Stimme aus der Anklageschrift, die ihm der Archidiakon vor Augen hält. „Gott lässt seiner nicht spotten."

„Die Verbrechen des Kaisers", das unerhörte Wort rauscht durch die bunte Galerie der hohen Prälaten und bleibt am breiten gotischen Chorgestühl der Kaiserloge hängen. Thaddaeus von Sessa und Berard von Palermo schauen dem Papst mit stolzem Blick ins erregte Angesicht und nehmen ungerührt seine Donnerworte entgegen.

Mit erhobener Stimme verliest Innozenz all die Übeltaten des Kaisers, die Kardinal Rainer von Viterbo, als Vikar des Papstes in Italien zurückgeblieben, fein säuberlich aufgelistet hat: die

Besetzung und Verwüstung kirchlicher Ländereien und die Verfolgung und Tötung Unschuldiger, die Gründung der Sarazenenstadt Lucera und die Freundschaft mit ungläubigen Fürsten, der unzüchtige Umgang mit sarazenischen Buhlerinnen und die Verheiratung der Tochter Konstanze mit dem schismatischen Kaiser Johann Vatatzes und der wiederholte Meineid gegenüber der Kirche. Kurz und gut: Der gebannte Friedrich sei ein eidbrüchiger Ketzer und Kirchenschänder und als der verheißene Antichrist nicht mehr würdig, dem christlichen Abendland vorzustehen.

Jetzt endlich ist der Augenblick der Abrechnung da, jetzt kann er dem abwesenden Erzfeind und Gegenspieler sein „Schachmatt" entgegenschleudern. Wie oft hat er als Kardinal und Graf von Lavagna das „*Cave regi*, Schach dem König!" hören und dem kaiserlichen Taktiker noch und noch ausweichen müssen! *Ludus scaccorum finitus,* jetzt ist das Spiel zu Ende, *imperator*! Schachmatt!

Für alle sichtbar erhebt sich der Papst vom Thron und stellt sich, begleitet vom Erzbischof von Lyon und dem Zeremonienmeister, vor den Hochaltar hin.

Jetzt erhebt sich auch die ganze Versammlung der Kirchenfürsten, die links und rechts des Hauptschiffes von Saint-Jean in aufsteigenden Reihen ihre vorbestimmten Plätze haben.

Der Pontifex stampft mit dem Kreuzesstab dreimal auf die runde Marmorplatte, auf der die Grabinschrift des frühchristlichen Bischofs Eucherius eingraviert ist.

„Unser Gewissen zwingt Uns nunmehr", ruft er feierlich in die Kirche hinein, und seine schwere Tiara zittert leicht auf dem strengen Haupt, „gerechterweise gegen den Fürsten einzuschreiten, und zwar vornehmlich vier großer Verbrechen wegen: *sunt periurium* (Meineid), *pax violata* (Friedensbruch), *sacrilegium* (Kirchenraub) und *haeresis* (Ketzerei).

Das Unerhörte – die Absetzung des Kaisers – scheint jetzt wirklich seinen unaufhaltsamen Lauf zu nehmen. In der Primitialkirche ist es ganz still geworden. Die päpstliche Stimme hallt durch das Kirchenschiff:

„Der Fürst ist durch Gott aller seiner Würden beraubt.
Wir verbieten jedem Christen,
ihm als Kaiser und König zu gehorchen.
Diejenigen, die im Kaiserreich zur Wahl befugt sind,
sollen unverzüglich einen Nachfolger wählen,
während Wir über das Königreich Sizilien selbst verfügen."

Innozenz drückt den Docht der brennenden Kerze mit dem kaiserlichen Wappen in das flüssige Wachs, sodass das Licht zischend ausgeht. Die Kirchenfürsten, die mit brennenden Fackeln in der Apsis einen Halbkreis um ihn bilden, stoßen die Fackeln auf den Marmorboden. Schwarzer Rauch steigt in die Kuppel auf.

Während der Papst mit seinen Prälaten das feierliche Tedeum anstimmt, verlassen die Gesandten des Kaisers bestürzt das Halbdunkel von Saint-Jean.

Ad decimum quintum:

Gemma von Urslingen ist unterdessen eine richtige Hofdame geworden. Das Vorbild ihrer Großtante Amalia, die als geheime Schlossherrin auf Kaiser Friedrichs Castel del Monte gewirkt hatte, hat bei ihr größeren Eindruck gemacht als die frommen Mahnepistel der Äbtissin des Zisterzienserinnenklosters von Viterbo. Mit der Zeit hat sie gar Amalias „Memorabilia“ dem „Seelenspiegel“ ihrer Mädchenjahre vorgezogen.

Und weil sie keinen Bruder hat, muss sie das ritterliche Erbe des italienischen Zweiges Derer von Urslingen als höfisch gebildete Dame weiterführen. Sie wurde deshalb vom herzoglichen Hofkaplan nicht nur in Latein und der italienischen Volkssprache und Literatur unterrichtet, sie lernte auch die *Septem Probitates*, die Sieben Tüchtigkeiten, die einen Ritter auszeichneten.

Schachspielen, Verse schmieden und reiten konnte sie schon. Aber das Schwimmen, Bogenschießen, Fechten und Jagen verlangte deinem zarten Körper doch mehr ab, als du dir vorgestellt hast, nicht wahr, Gemma! Da nützte es auch nichts, wenn du den Fechtmeister bisweilen mit flehenden Augen ansahst und dein langes blondes Haar über die blauen Augen fallen ließest, wenn sie zu tränen begannen.

Der strenge Lehrmeister hat dir dann nur das Beispiel der Eleonore von Aquitanien vor die nassen Augen gehalten. Wie sie mit ihrem Gemahl Ludwig VII., König von Frankreich, im Kreuzzug ins Heilige Land gezogen ist und alle Strapazen dieses leidvollen Feldzuges klaglos ertragen, ja die Kreuzritter im Kampfe noch ermuntert hat! Dass sie später noch Königin von England wurde und Mutter des heldenhaften Richard Löwenherz, beeindruckte dich dann doch jedes Mal wieder, wenn du in Selbstmitleid versinken wolltest.

Bei der Erwähnung von Richard Coerdelyon, Richard Coeur de Lion, hellte sich ihr Blick wieder auf. Sie kannte den König von Aquitanien und England aus den „Chansons de geste“ über die Kreuzzüge. Der schöne und tapfere Richard mit seinem Artusschwert Excalibur! Für ihn schwärmten nicht nur die jungen Burgfräulein, auch die älteren Hofdamen gerieten bei der Nennung seines Namens in Entzücken.

Darf ich verraten, liebe Gemma, dass du in deiner stillen Kemenate neben Gedichten Walthers von der Vogelweide heimlich auch Troubadourlieder aus der Provence halblaut rezitiert hast? Dass du im Laufe der langen Winterwochen die „Langue d'oc" fast so gut verstehen lerntest wie deinen einheimischen Dialekt? Du bist mit der Zeit ein kleines Sprachtalent geworden, wenn auch nicht so vielseitig begabt wie der Sultan von Lucera, wie die Kleriker den abgesetzten Kaiser spöttisch zu nennen pflegten.

Wer aber hatte die Hände im Spiel, als du, *La Gemma pretiosa*, nach Arles an den Hof des Grafen der Provence gerufen wurdest? Oder hat dich der Nachruhm der großen Beatrice von der Provence, von der du in den „Memorabilia" deiner Großtante gelesen hattest, in den Süden des Frankenreichs gezogen? Auch über diese erstaunliche Frau wusste Amalia von Urslingen ja einiges zu erzählen. Dass nämlich Kaiser Friedrich II. die Erbtochter der Provence als Braut für seinen Sohn Konrad vorgesehen hatte, diese aber schließlich auf Drängen der Königin-Witwe Blanca von Kastilien ihrem Sohn Karl von Anjou zugesprochen wurde.

Ja, das 13. Jahrhundert mit den berühmten fürstlichen Damen, die sowohl am Spinnrad wie in der Politik ihre Fäden zu ziehen verstanden! Eleonore von Kastilien, Tochter der Eleonore von Aquitanien, und eben ihre Tochter Blanca, die Ludwig IX. von Frankreich geheiratet hat. Die wohltätige Elisabeth von Thüringen, die heilig gesprochen wurde und bei deren Graböffnung in Marburg Kaiser Friedrich II. persönlich zugegen war, und zwar im gleichen grauen Gewand des Franz von Assisi, das auch Elisabeth getragen hatte. Und Hanno wird dir aus Salimbenes Chronik noch erzählen können, wie der Kaiser vor dem geöffneten Sarkophag stand und dem vom Körper abgetrennten Kopf der Heiligen eine Goldkrone aufgesetzt hat. Eine Krone für die vom eigenen Fürstenhaus bis zu ihrem Tod verachtete Königin der Armen!

Die Arletaner waren kein einfaches Volk, das hast du bald erfahren. Immer etwas rebellisch gegen die Obrigkeit, häufiger das okzitanische *No* als das *Oc* im Munde. Und immer neidisch auf die oberitalienischen Städte, die ihre Freiheit auch unter dem deutsch-römischen Kaiser zu wahren wussten. Unter der strengen Herrschaft des neuen Königs von Unteritalien und Sizilien, Karl von Anjou, wagten die Bürger von Arles ihre Köpfe allerdings nicht mehr so hoch zu tragen.

Sogar der bisher so mächtige Erzbischof von Arles wurde von dem neuen Herrn gezwungen, auf dem Jakobsweg nach Compostela die Tugend der Demut zu lernen. Bevor sich aber Bernard de Languissel auf den beschwerlichen Weg machte, hat er dich, die Hofdame aus dem Herzogtum Spoleto, empfangen und dir die geschriebenen und vor allem die ungeschriebenen Gesetze des ehemaligen Königreichs von Arelat zu Ohren gebracht. Die ehrwürdige Bernarda von Urslingen, Äbtissin des Zisterzienserinnenklosters von Viterbo, hätte dir zwar lieber die Eintrittsurkunde in ihr Kloster statt das Empfehlungsschreiben an den Erzbischof von Arles übergeben. Aber schließlich hat sie sich damit abgefunden, dass du mehr deiner adeligen Großtante Amalia nachschlägst, und hat dich mit dem klösterlichen Segen ins untere Rhonetal entlassen.

Der Segen deiner ehrwürdigen Tante war selbstverständlich mit einem letzten guten Rat verbunden, der dir die *Vanitas Mundi*, die Eitelkeit der Welt, mit den Versen des Giacopone da Todi vor Augen hielt:

Cur mundus militat	*Warum dient die Welt*
Sub vana gloria?	*So eitlem Ruhm?*
Cuius prosperitas	*Sein Glück geht schnell*
Est transitoria.	*vorbei und seine Macht*
Tam cito labitur	*zerbricht so rasch*
Eius potentia	*wie eine tönerne Vase.*
Quam vasa figuli,	
Quae sunt fragilia.	

Die Eitelkeit der Welt ist dir zwar schon im „Seelenspiegel“ mehrmals begegnet, nur dass sie so brüchig ist wie eine Tonvase – daran mochtest du auch jetzt nicht so recht glauben.

Gemma von Urslingen bleibt aber vorerst am Hofe des Erzbischofs Bernard de Languissel. Sie soll bis auf Weiteres den ganzen bischöflichen Haushalt führen, das Küchenpersonal kontrollieren und auch die vielen Bediensteten im Palast und auf dem Landgut, in Feld und Wald diskret überwachen. Nicht dass der Erzbischof seinem Haushofmeister misstraut, aber er meint, dass während seiner Abwesenheit eine so hoch gebildete Dame seinem in Verruf geratenen Betrieb eine integre Note verleihen und ihm in jeder Hinsicht nur gut tun kann.

Dem Haushofmeister ist es recht, denn er ist für die nächste Zeit sowieso völlig von den Vorbereitungsarbeiten für den Compostela-Bußgang des Erzbischofs in Anspruch genommen. Bauernpferde müssen beschafft werden, die gewohnt sind, einen voll beladenen Karren zu ziehen. Ein De Languissel geht auch auf dem Jakobsweg nicht zu Fuß wie ein gewöhnlicher Pilger. Er reitet aber auch nicht auf seinem geliebten Araber, sondern auf einem sanften Wallach wie die vier Ritter, die ihn als Schutzgarde begleiten. Der Haushofmeister selbst, ein ehemaliger Kreuzritter, hat diese Wacheskorte abkommandiert. Allzu oft hat man in letzter Zeit von Überfällen auf Jakobspilger gehört. Vor allem die wilden Basken des Kantabrischen Gebirges gelten als rücksichtslose Straßenräuber, zu Recht oder zu Unrecht, wer weiß es genau.

AD DECIMUM SEXTUM:

Der Volksaufstand gegen den hochnäsigen Arletaner Erzbischof Bernard de Languissel hatte diesen so in die Enge getrieben, dass er in Schutzhaft genommen werden musste. Sonst wäre er von den aufständischen Untertanen mit Schimpf und Schande aus dem Lande gejagt worden. Aber König Karl von Anjou, neuestens auch Graf der Provence, hatte nicht nur die Zustimmung seines frommen Bruders, König Ludwig des IX. von Frankreich, um den Erzbischof auf den Bußgang nach Compostela und ans Ende der Welt, nach *Finis Terrae* zu schicken. Auch Papst Martin IV. war damit einverstanden, wie fast mit allem, was der rücksichtslose Franzose von ihm verlangte.

So treffen wir denn seine Exzellenz, den Erzbischof von Arles, mit seiner Schutzgarde eines schönen Morgens auf dem Pilgerfriedhof Les Alyscamps in Arles, wie er eben ohne bischöflichen Ornat oder geziemende Waffenrüstung im einfachen grauen Filzgewand der Franziskanermönche vor dem Sarkophag des heiligen Genesius kniet.

Hier, an einer der berühmtesten Begräbnisstätten der Christenheit, will er seine Pilgerreise beginnen. Tatsächlich staunen auch die vier begleitenden Ritter, die nur den Helm abgenommen haben und an der Seite des Knienden stehen bleiben, über den Gesinnungswandel ihres stolzen Lehensherrn. Ist das wirklich Bernard de Languissel, der ihnen auf der Falkenjagd auf seinem Araberhengst immer weit vorangesprengt ist?

Ins Bußgewand gekleidet worden war er aber schon vor dem Morgengrauen in der nahen Abtei Montmajour. Da nur ein schmaler Weg durch das Sumpfgebiet zum Felsen hinaufführte, auf der das Benediktinerkloster lag, hatte er den Trosskarren mit dem ganzen Gefolge im Arletaner Friedhof stehen lassen und war nur mit seinem Knappen, der zugleich sein momentaner Sekretär war, auf schmalem Pfad durch den Sumpf bis unter den Abtei-Felsen geritten. Dort hatte er den strammen Burschen mit den

Pferden zurückgelassen und war zu Fuß ins Benediktinerkloster hinaufgestiegen. In der Heilig-Kreuz-Krypta von Montmajour hatte Bernard de Languissel sein pontifikales Gewand abgelegt und die Franziskanerkutte angezogen. Mitra, Bischofsstab und Bischofsring hatte er in Gewahrsam des Krypta-Paters gegeben und von diesem den Pilgerstab, die Pilgertasche und die Jakobsmuschel in Empfang genommen.

Nach einem Kuss auf die Kreuzesreliquie zog der Pilgerbischof die Kapuze über den Kopf und stieg schnell und unerkannt den Felsenhang hinab als ein gewöhnlicher Pilger, wie sie sich am Feste der Kreuzauffindung zu Tausenden hier einfinden, um den begehrten „Pardon de Montmajour" zu erhalten. Dieser spezielle Nachlass seiner Sündenstrafen war für den frommen Pilger das eigentliche Ziel der Wallfahrt nach Montmajour.

Diesen hätte Bernard de Languissel zwar auch nötig gehabt. Er war nämlich bisher mehr weltlicher Landesfürst als geistlicher Führer seines Bistums gewesen, von seinen Untertanen mehr gefürchtet als geliebt. Aber den großen Pardon bekommt man erst am Ende, nicht am Anfang einer Pilgerreise.

Jetzt aber erkannte ihn seine Prätorialgarde kaum mehr, wie er mit seinem Knappen wieder auf den Alyscamps von Arles eintraf und sich gleich vor den römischen Sarkophag des heiligen Genesius hinkniete. Im Gegensatz zu diesem Märtyrer, der sich geweigert hatte, ein Verfolgungsedikt gegen die ersten Christen Südgalliens zu unterschreiben, hat Bernard durch Enteignungsschreiben einzelne renitente Gutsherren um ihre Höfe gebracht und sie aus spitzfindigen Gründen als zehntenpflichtige Pächter eingesetzt. Auch das Sumpfland um Montmajour herum, das die Benediktiner bereits zum Teil trockengelegt und zur Reispflanzung genutzt hatten, wollte er an sich reißen. Dieses Vorhaben aber konnte das Reformzentrum, das direkt dem Papst unterstand, erfolgreich abwehren.

Nun erhebt sich Bernard de Languissel, schiebt die Kapuze nach hinten, setzt sich den breitrandigen Pilgerhut auf den Kopf, hebt den grauen Franziskanerrock auf Kniehöhe und besteigt mithilfe des Knappen den geduldigen Wallach.

Dann setzt sich der kleine Pilgerzug in Bewegung. Voran der Pilgerbischof mit seinem Sekretär zur Linken, dahinter die Quadriga der Eskorte, gefolgt vom quietschenden Karren, auf dem unter einer Blache der Reiseproviant für Mensch und Tier gelagert ist. Der Bauernknecht, der am langen Seil das Packpferd führt, geht anfangs noch zu Fuß, setzt sich dann aber auch auf den Wagenbock, nachdem sie die Rhone überquert haben und in Richtung der Abtei Saint-Gilles unterwegs sind.

Noch weiß Bernard de Languissel nicht, dass er in Saint-Gilles auf einen weitern adeligen Bußpilger treffen wird. Am hochverehrten Grab des heiligen Aegidius kreuzen sich nämlich die Wege der Rom- und Compostelapilger. Und hier im wichtigen Hafen schiffen sich auch die Jerusalempilger zur Fahrt über das Mittelmeer ein. Der genannte Pilger zieht aber nicht nach Jerusalem, sondern er kommt von dort und will nach Rom reiten, um vom Papst die Lösung seines Templerordengelübdes zu erlangen. Noch aber befindet sich dieser Rom-Pilger – es ist Graf Philibert von Savoyen – im Priorat von Romainmôtier.

Vor zwei Jahren hatte im Rittersaal des Prioratshauses die Aussendung des Grafen als Kreuzritter stattgefunden. Wie ein König in Scharlachfarben gekleidet, mit glänzenden Sporen an den Stiefeln und einem Hut mit weißer Pfauenfeder war er vor den Prior hingetreten und hatte sein *„Adsum“* gesprochen: „Ich bin bereit, in den Templerorden einzutreten und nach Jerusalem zu ziehen. *Deus lo vult!“*

Damit legte er den scharlachroten Mantel dem Knappen zu seiner Linken auf den Arm, warf den stolzen Hut über seinen Rücken ins Kaminfeuer und kniete vor dem Prälaten nieder. Dieser legte ihm nun den weißen Ordensmantel mit dem roten Templerkreuz um die Schulter und befahl ihm mit einem feierlichen *„Surge!“* aufzustehen.

Nur vage erinnert sich Graf Philibert daran, jetzt wo er wieder im gleichen Saal vor Prior Aymon de Playsie steht und nach gut einem Jahr des unentwegten Einsatzes im Heiligen Land enttäuscht in die fränkische Heimat zurückgekehrt ist. Tagelang hat er geschwiegen, bis ihm der Prior die weise Einsicht der Juraväter Romanus und Lupicinus, die das Kloster Romainmôtier (*Romani monasterium*) gegründet hatten, in Erinnerung rief:

„Der Abt soll jedem Mönch nur eine Aufgabe zuweisen, die seinen Kräften und Fähigkeiten entspricht." Das gelte eigentlich nicht nur für die Mönche, sondern für alle Menschen, fügte der alte Prior hinzu. Damit wolle er nicht die Schandtaten der Kreuzritter bei der Eroberung Konstantinopels und Jerusalems beschönigen oder gar den diplomatischen Erfolg um die Rückgabe Jerusalems, die der gottlose Kaiser Friedrich kampflos erreicht hat, über Gebühr hervorheben. Aber die meisten Kreuzritter seien doch – wie er – voller Eifer für die Sache Christi ausgezogen und erst im Laufe der strapaziösen Kämpfe stumpf und habgierig geworden. Das jahrelange Hin und Her zwischen den eisenbewehrten abendländischen Rittern und den schnellen, kampfgewohnten Seldschuken hat sie müde gemacht, müde an Geist und Körper. Keiner dachte mehr an das Grab Christi, zu dessen Verteidigung sie einst ausgezogen waren.

Ganz überzeugt hat die geistliche Milde des Priors den Grafen nicht. Sein Urteil über die Politik einzelner Kreuzritterfürsten wurde aber doch mit der Zeit etwas versöhnlicher.

Nun steht er wieder in voller Rüstung vor dem Prior. Aber statt des *„Adsum"* sagt er jetzt ein unzweideutiges *„Renuntio* – ich entsage und trete ab." Er nimmt den Eisenhelm vom kahlen Kopf und setzt ihn zwischen die Füße. Den Kreuzschild stellt er seinem Knappen an die Seite und das große Schwert legt er dem Prior auf die ausgestreckten Arme. Er löst die *fibula* des Templermantels und hängt diesen über das Schwert, sein Knappe hilft ihm aus dem Brustpanzer und entfernt die Beinschienen. Dann lässt Graf Philibert die Kette mit dem eisernen Kreuz, das er unter dem Brustpanzer getragen hatte, dem Prior vor die Füße fallen. Der Diakon bückt sich, und der Prior deklamiert: „Wie das Kreuz im Feuer glüht, so soll auch dein Herz entflammt bleiben im Dienste des Heiligen Landes", und wirft die Kette ins lodernde Kaminfeuer. „Gott beschütze dich!"

Jetzt nähert sich ein kleiner Zug von Kammerdienern mit den gräflichen Gewändern. Sie sind nicht mehr so prächtig wie jene vor der Aussendung. Graf Philibert von Savoyen hat das Motto des Tempelordens tief in sein Inneres aufgenommen, auch wenn er sich nun äußerlich vom Ritterorden lossagt.

„Non nobis Domine, non nobis, sed nomini tuo da gloriam!“
Nicht um die eigene Ehre geht es ihm, sondern um die Ehre Gottes.

Das Siegel als „Soldat Christi“ wird er allerdings erst in Rom zurückgeben können, sobald ihn der Papst vom Templergelübde befreit haben wird.

Die zwei adligen Pilger, die sich im Gästehaus der Abtei von Saint-Gilles gegenüberstehen, hätten nach ihrem Äußeren nicht unterschiedlicher sein können. Der kleine, dickliche Bischof von Arles, dessen Bauch die Franziskanerkutte in eine Halbkugel nach vorn wölbt, und der große schlanke Graf von Savoyen, der auch im schlichten Pilgerhabit noch wie ein strammer Gotteskrieger aussieht. Vieles haben sie sich nicht zu sagen, sie nennen ihre Herkunft und das Ziel ihrer Wallfahrt und ziehen sich vorzeitig in die für vornehme Gäste reservierten Kammern zurück. Schon übermorgen werden sie mit ihrem Gefolge weiterziehen, Bischof Bernard de Languissel auf der Via Tolosana gegen Toulouse, Graf Philibert von Savoyen in östlicher Richtung gegen Nizza.

Ganz bewusst hat Philibert nicht den bequemeren und schnelleren Seeweg gewählt. Wie ein richtiger Pilger will er Rom auf der Via Francigena erreichen.

Ad decimum septimum:

Wo ist eigentlich Hanno geblieben?

Die aufwühlenden Berichte über das Absetzungskonzil von Lyon, die Frater Custos den Chroniken in der erzbischöflichen Bibliothek entnahm, haben Hanno nicht daran gehindert, sein Kopierwerk sorgfältig zu Ende zu führen. Er hat sogar noch eine kostbare Schluss-Miniatur auf die letzte Buchseite setzen können.

Vor goldenem Hintergrund sieht man den Kommandanten der Thebäischen Legion, den Militärtribunen Mauritius, auf dem Boden knien, so dass die Scheide seines Kurzschwertes noch knapp die Erde berührt. Hinter ihm hebt ein Zenturio die *spatha* der Reitertruppe in die Höhe und wird im nächsten Moment mit dem Langschwert dem römischen Offizier das Haupt abschlagen. Den Heiligenschein aus gelbem Goldstaub hat Hanno schon vor den Knienden hingesetzt, so dass der Kopf direkt in ihn hineinfallen muss. Beim Hintergrund, der die himmlische Bestimmung der Szene anzeigen soll, hat er dünn ausgeschlagenes Blattgold auf eine rote Grundierung gelegt, so dass das erhaben wirkende Metall in einem warmen Farbton erscheint.

Etwas viel Gold hat Hanno für diese Schlussszene gebraucht. Der großzügige Erzbischof Adhémar de Roussillon hat es ihm aber gerne zur Verfügung gestellt; allerdings nicht ganz ohne Hintergedanken:

Schon lange sind dem Erzbischof von Lyon das ruhig-aufrichtige Wesen und die Kunstfertigkeit des jungen Oblaten Hanno aufgefallen. Mehrmals hat er ihn bei seiner Arbeit in der Bibliothek heimlich beobachtet und mit Frater Custos über den geübten Schreiber und talentierten Buchmaler gesprochen.

Schließlich wagte er die Frage, ob es denn nicht möglich wäre, den Franziskaner-Oblaten vom Kloster in Parma loszukaufen. Das Wort „loskaufen" gefiel dem integren Franziskanergelehrten ganz und gar nicht. Wie er aber hörte, dass der Erzbischof bereit wäre, dem Kloster dafür je ein Exemplar der Chronik des Matthaeus Parisiensis und der Annalen von Lyon zu übergeben und ihm außerdem auf Verlangen jede Menge Blattgold zu verschaffen, hatte er nur noch sein heimisches Skriptorium im Kopf. Wie werden seine Mitbrüder in Parma staunen, wenn er ihnen die beiden berühmten Geschichtswerke in die Bibliothek stellen und eine erste Sendung von Blattgold in die ärmliche Schreibstube mitbringen wird!

Frater Custos wird also einen Brief aufsetzen und seinen Ordensobern in Parma bitten, den Oblaten und Schreiber Hanno freizugeben, damit dieser in den Dienst des Erzbischofs von Lyon treten könne. Und Adhémar de Roussillon wird das Schreiben eigens durch seinen Eilboten über den Moncenisio nach Parma bringen lassen. Der geübte Reiterbote wird auf seinem schnellen Pferd nach einer Woche mit der Antwort zurück sein und dem Erzbischof das Placet des Abtes überbringen können. Aber nur, wenn ihn in Torino ein Handelsschiff aufnimmt und mitsamt dem Pferd auf dem Po bis Piacenza mitfahren lässt.

Eigentlich hätte Custos die Bittschrift persönlich bei seiner bevorstehenden Rückkehr mitnehmen können, da er sich ja der Zustimmung des Abtes sicher war. Aber der ehrwürdige Skriptorienmeister hatte da auch seine Pläne.

Auf irgendeinem Weg hatte er aus der bischöflichen Kanzlei vernommen, dass der Erzbischof im Sinne habe, Hanno zum Ritter zu schlagen, damit er ihn standesgemäß in sein Amt als *Secretarius primus* einsetzen könne.

Der Pächtersohn soll also Ritter werden? Wieso eigentlich nicht, dachte Magister Custos. Hat nicht auch Salimbene, der adelige Bettlermönch, das Kettenhemd über die Kutte gezogen, als es galt, seine Heimatstadt Parma gegen die kaiserlichen Truppen zu verteidigen? Hat er nicht sogar am nächtlichen Überfall auf das Kriegslager Victoria von Friedrich II. teilgenommen? Die ganze Stadt habe widergehallt vom Siegeslied der heimkehrenden Parmesen, berichtet Salimbene persönlich in seiner Chronik. „Victoria, Victoria, wo ist dein Sieg nun, trallalla!“, habe er mitsamt der Menge gesungen, als er auf dem Pferd eines Kohortenführers inmitten des imposanten Bürgerheeres durch den

Triumphbogen der Porta S. Michele dell'Arco in Parma wieder eingezogen sei.

Custos kann seine Freude über den unerwarteten Aufstieg seines Zöglings nicht verbergen. Eben noch hat sein Hanno nur die leichte Gänsefeder geführt und sich nebenbei unter seiner Aufsicht in die lateinische Literatur einzulesen begonnen. War es Zufall oder eine leise Vorahnung, dass er ihm nicht wie üblich lateinische Kurzgeschichten aus einem *Florilegium* oder Briefe Plinius des Jüngeren vorgelegt hat, sondern das *Bellum Gallicum* von Gaius Julius Caesar? Oder hatte er den Einfall auch wieder von Salimbene, der eigens betont, wie er alle Bücher des Vegetius über die Kriegsführung gelesen habe?

Salimbene de Adam aus Parma gibt mit adeligem Stolz auch vor, dass er persönlich den Legaten Gregor von Montelongo in der Kriegstechnik beraten habe, als der „Drache Friedrich Parma belagert hat."

„Was für den Feind vorteilhaft ist, wird dir selbst zum Nachteil, und was dir hilft, schadet dem Feind." Findet man solche Maximen, wie sie Vegetius aufstellt, eventuell schon bei Caesar? Jedenfalls hat Hanno mit Begeisterung den Krieg der Helvetier mit Caesar verfolgt. Dabei ist ihm der alte Divico mit seiner helvetischen Kriegerehre geradezu als Vorbild des Ritters erschienen, wie Hanno einer werden möchte.

Nun soll er also ein richtiges Schwert in die Hände bekommen. *Victoria, victoria*, Custos kann es kaum fassen! Der Oblate wird aber nicht darum herumkommen, unter der strengen Zucht des Rittmeisters sich vorerst die *septem probitates* eines Ritters anzueignen. Reiten kann er schon. Das Bogenschießen und Jagen wird ihm auch keine Mühe machen. Das Fechten hingegen dürfte ihm nicht leicht fallen. Wird Hanno das alles durchstehen?

Gerne würde Custos ihm als Berater zur Seite sein; aber wer leitet dann im heimischen Kloster die Schreibstube? Natürlich würde Frater Servatius, der Miniaturenmaler, noch so gerne den neuen Skriptoriendirektor spielen. Das kann er nicht zulassen, dass dieser Möchtegern an seine Stelle tritt.

Aber eines wird er sich nicht entgehen lassen: Wenn Hanno zum Ritter geschlagen wird, wird er wieder in Lyon sein, so wahr er Custos heißt und Hannos Mentor ist, und auch am folgenden Festessen wird er teilnehmen. Das wird ihm der Abt zugestehen müssen.

AD DUODEVICESIMUM:

Wie sieht es in Lucera aus?
Karl I. von Anjou, Sohn der Blanca von Kastilien, Königin von Frankreich, war ein unerschrockener Machtmensch. Dass er das berüchtigte Sarazenenstädtchen Lucera nicht mit brutaler Gewalt christianisieren konnte, sah er bald ein. So machte er es dem Stauferkaiser Friedrich II. nach, der die einst aufständischen Muslime Siziliens in einer Großaktion in die Gegend von Lucera umgesiedelt hatte. Er übernahm die gefürchteten sarazenischen Bogen- und Speerschützen, aus denen die in aller Welt bestaunte Leibwache des Kaisers hervorgegangen war, als Spezialeinheit in sein Heer auf. Ganz traute er den sarazenischen Söldnern zwar nicht, für ihn blieben sie aber eine kriegstüchtige, auf den Stauferkaiser eingeschworene heidnische Truppe.

Aus den einstigen Rebellen Siziliens waren fleißige Kolonisten geworden, die das verwahrloste Land fruchtbar und den entvölkerten Ort innert wenigen Jahren zu einem blühenden Garnisonstädtchen gemacht haben.. Die Kunstfertigkeit und das handwerkliche Geschick der Sarazenen von Lucera wurden berühmt. Aus ihren Handwerksbetrieben kamen die besten Seidengewebe und die schönsten handgeknüpften Teppiche. Die ganze orientalische Ausstattung und Salon-Dekoration auf Castel del Monte sei aus Lucera geliefert worden, hat Amalia von Urslingen in ihren „Memorabilia" festgehalten. Berühmt waren auch Luceras Waffenschmieden. Friedrich, den sie bald in Verehrung „Imberadour" nannten, unterstützte die Luceraner in der Aufzucht von Pferden und Kleintieren. Die Religionsfreiheit ermöglichte ihnen den Bau von Minaretten, Moscheen und Koranschulen. Neben den üblichen Gartenanlagen gab es in Lucera Tiergärten mit Teichen für allerlei Wasservögel, für Pelikane, Kraniche und Reiher. In großen Tiergehegen lebten Elefanten, Kamele, Dromedare, Löwen, Leoparden und Affen – alle exotischen Tierarten des Ostens, betreut und umsorgt von sarazenischen und schwarzafrikanischen Wächtern.

Wie sollte Karl von Anjou die Kontrolle über diese fremde und doch faszinierende Welt behalten können? Immer spürte er auch den Papst im Nacken, dem dieses heidnische Wespennest inmitten des christlichen Italien ein Ärgernis war, weil es dem virulenten Kreuzzugsgeist der Zeit zuwiderlief. Noch am Anfang seines Unteritalienregimentes hatte er mit knapper Not die Vereinigung der aufständischen Sarazenen von Lucera mit dem Heer des letzten Staufers Konradin verhindern können. Als er schließlich in einem fürchterlichen Schauprozess der Stauferherrschaft ein Ende gemacht hatte und der junge Konradin am 29. Oktober 1268 in Neapel öffentlich enthauptet worden war, schwelte es vor allem unter den staufertreuen Sarazenen im Geheimen weiter.

Denn an der Porphyrsäule, die Karl von Anjou an der Hinrichtungsstätte hatte errichten lassen, lesen sie die höhnische Inschrift:

„Die Klaue des Löwen hat das Adlerküken erlegt und gerupft."

Da brachte ihn sein alter umbrischer Berater auf eine Idee. War nicht Amalia von Urslingen die Hofdame von Friedrich II auf Castel del Monte? Sie hatte doch die ganze Ausstattung des Schlosses bestimmt und mit den Kunsthandwerkern von Lucera verhandelt. Wie wäre es, wenn wieder eine Adlige von Urslingen die arabische Kunstfertigkeit nun für den Königshof von Neapel nutzbar machen könnte? Auch war nicht einzusehen, wieso Gemma von Urslingen weiterhin auf dem Hof des Erzbischofs von Arles bleiben sollte. Bernard de Languissel war ja auf dem Bußgang nach Compostela, und den Hofbetrieb konnte ebenso gut sein tüchtiger Hofmeister in Zucht und Ordnung halten.

Was der ehrgeizige Karl will, das geschieht auch. Gemma von Urslingen wird in Arles von einer Rittereskorte als „Botschafterin des Königs" abgeholt, in eine Kriegsgaleere zwischen zwei Hofdamen gesetzt, und los geht es mit vollen Segeln an der Küste Marseilles entlang. Wie sie aber in den Herrschaftsbereich der unberechenbaren Seerepublik Genua kommen – und das ist schon in Sichtweite von Nizza der Fall – werden die Segel eingezogen und die Ruder eingesetzt. Unbehelligt passieren sie zwischen Korsika und Elba bis auf die Höhe der kleinen Insel Montechristo.

Da lässt die Schiffsmannschaft das Ruderblatt aufs Wasser sinken und für kurze Zeit schwankt die Galeere ziellos auf den kleinen Wellen des Tyrrhenischen Meeres. Der galante Kapitän, es ist der Vorsteher des napolitanischen Hofstaates, nähert sich dem Großmast, wo ein Matrose mit kräftigen Zügen die päpstliche Fahne hochzieht. Vor der vorderen Kajüte, in der die Damen auf weißen Polstersitzen Platz genommen haben, steckt sein Stellvertreter die Standarte Karls von Anjou in einen Eisenring des Schiffbodens. „*Vivat Papa, pontifex in aeternum*!" Unter Trompetenschall schmettert der Kapitän seinen Schlachtruf durch die Reihen der Ritter, die im hintern Teil der Galeere Aufstellung genommen haben. „Es lebe der Heilige Vater, Papst auf ewig!", hören auch die kräftigen Ruderer auf ihren harten Bänken im Schiffsunterteil. Sie sehen die flatternde Fahne nicht und auch nicht die golden leuchtenden Lilien auf blauem Hintergrund der Anjou-Standarte. Die ist jetzt vor allem für die Augen von Gemma von Urslingen bestimmt. Eine solche Standarte soll sie in Zukunft als Botschafterin des Königs von Sizilien und Neapel, von Albanien und Jerusalem, bei all ihren Unternehmungen vorantragen.

„An dieser Stelle", fährt nun der höfische Kapitän fort, „hat vor 40 Jahren der gottlose Kaiser Friedrich II. zweiundzwanzig der päpstlichen Galeeren gekapert und deren drei versenkt. Befand sich denn die päpstliche Flotte, von Genua gestellt, etwa im Krieg? Nein, sie hatte nur den Auftrag, die Bischöfe und hohen Prälaten aller Länder, die sich in Oberitalien gesammelt hatten, von Nizza nach Rom zu befördern, um dort am Konzil teilzunehmen, das Gregor IX. einberufen hatte. Nahezu alle hohen Würdenträger der Konzilsreisenden gerieten in Gefangenschaft, wurden zunächst in Pisa und später in Neapel unter unmenschlichen Bedingungen eingesperrt. Und der teuflische Kaiser hat seinen Sieg bei Montechristo gar als Gottesurteil hingestellt. Endlich sei die Unrechtmäßigkeit seiner Verfolgung durch den Papst an den Tag gekommen."

Mit vollen Segeln fährt die „Gemma“ – so haben die begleitenden Ritter die ungewöhnliche Transportgaleere nachträglich getauft – nach drei Tagen ohne Zwischenfälle im Hafen von Neapel ein. Und Gemma von Urslingen wird freudestrahlend von Beatrix von der Provence, der Königin von Sizilien und Neapel, persönlich am Hafen in Empfang genommen. Die Königin weiß nämlich, wie nötig ihr schroffer Gatte eine einfühlsame Vermittlerin zu seinen sarazenischen Untertanen hat. So will sie die Tochter aus dem Herzogshaus zu Foligno persönlich in die Sitten und Gewohnheiten des Königshofes und des Landes einführen. Und noch etwas Spezielles hat sie mit der sprachbegabten Gemma vor: An der von Friedrich II. gegründeten Universität von Neapel soll sie die arabische Sprache und Literatur kennenlernen, bevor sie ihre diplomatische Aufgabe in Lucera angeht.

Aber, was du jetzt noch nicht weißt, Gemma: Später einmal wirst du den Generalsekretär des Erzbischofs von Lyon, Hanno de Minore, nach dem Urteil Salimbenes über deinen ruchlosen neuen Herrscher fragen und mit Erstaunen vernehmen, dass der Bruder des heiligen Ludwig, König von Frankreich, ein frommer Mann gewesen sei. Jedenfalls noch zur Zeit, als er durch die Heirat mit Beatrix eben Graf der Provence geworden war. Karl von Anjou, so wird dir Hanno weiter erzählen, habe in Parma auch die „*societas de Cruce*“ gegründet, eine Bruderschaft *ad honorem Dei et sanctae romanae Ecclesiae.*, eine Vereinigung zur Ehre Gottes und der heiligen römischen Kirche. „Aber nur“, und das wird Hanno mit Nachdruck hinzufügen, „weil er vernommen hatte, dass die Parmesen kriegstüchtige Leute seien und ihm, dem *capitaneus, princeps et dux et comes et rex et magnificus triumphator* treu auf allen Feldzügen folgen würden.“

So steht es in der Chronik des Salimbene.

Tatsächlich hat sich Karl von Anjou diese Hoheitstitel, wo immer er konnte, zu eigen gemacht. Er wollte wie einst Karl der Große Herrscher über den ganzen lateinischen Westen werden. Er war König (*rex*) von Sizilien, von Neapel und Albanien und hat mit Einverständnis des Papstes gar den Königstitel von Jerusalem für 1000 Goldlivre kaufen können. Er war Fürst (*prin-*

ceps) von Capua, Tarent und Achaia, Graf (*comes*) von Anjou und Maine und Herzog (*dux*) der Provence. Und was meint Salimbene mit dem „*capitaneus*"? Es kann nicht der lombardische Grafentitel sein, denn dort hatte er nichts zu suchen. Der Lombardische Städtebund ließ sich in nichts dreinreden.

Es wird seine Fähigkeit als Truppenführer bezeichnen, die er schon im Kreuzzug seines Bruders nach Ägypten bewiesen hat. Denn, und damit wird Hanno seine Information abschließen, Salimbene habe den „*rex Karolus*" als höchstes Lob einen ausgezeichneten Feldherrn (*optimus praeliator*) genannt. Und wieso? Weil der Anjou die kirchenfeindliche Stauferherrschaft beendet und die Schande von den Franzosen und ihrem König wegen des verlorenen Kreuzzuges genommen habe.

AD UNDEVICESIMUM:

Aber muss ein fähiger Feldherr auch ein verständnisvoller Herrscher über das Völkergemisch seines Untertanenlandes sein? Karl von Anjou war es nicht, und Gemma hat das schon nach den ersten Tagen am Königshof eingesehen.

Und jetzt hob Gemma von Urslingen den blonden Kopf. Von Weitem hörte sie ihres Reitlehrers strenges „Nicht nachgeben, *princessa*! *Noli cedere!*“. Hat nicht die Landgräfin Elisabeth von Thüringen tagelang ihren Gemahl begleitet, als er als Kreuzritter ins Heilige Land zog? Und hat nicht eine Generation früher Eleonore von Aquitanien gar einen ganzen Kreuzzug mitgemacht? Auch das Wirken von Hildegard von Bingen tritt vor ihr inneres Auge. Die hochgebildete aristokratische Klostergründerin hat mit den Fürsten und Prälaten halb Europas korrespondiert und sie auch in politischen Fragen beraten. Was zögerst du noch, Gemma? Du wirst auch einem ruppigen Anjou die arabische Welt nahebringen können, so wahr Gott lebt und Mohammed sein Prophet ist! Wie sagte der Reitlehrer: Selbstvertrauen und ein kräftiger Schenkeldruck sind die beste Reitdressur!

Aber eines musst du noch lernen, bevor du auch mit arabischen Gelehrten ins Gespräch kommen kannst. Du musst disputieren lernen, und zwar lateinisch. Die Anfangsgründe kennst du schon, jetzt musst du dir noch die rhetorischen Finessen und die Methodik der philosophischen *disputatio* aneignen. Und wo lernst du das? Ebenfalls an der Universität zu Neapel. Und bei wem? Bei Thomas von Aquin natürlich, der ebenfalls Schüler und Magister an der Universität Federigo Secondo war. Leider nicht mehr bei ihm persönlich, denn der *doctor angelicus* ist vor zehn Jahren verstorben. Aber sein Lehrstuhl, die „Summa theologica“, wurde wieder besetzt, unter der Bedingung, dass seine Gottesbeweise in jedes Semesterprogramm aufgenommen würden.

Aber du musst dich als Nonne verkleiden und von der Empore aus den Vorlesungen zuhören, und als Ausweis immer den Siegelabdruck des Königs bei dir tragen, sonst lässt dich der Pedell nicht ins Gebäude.

Und eines garantiere ich dir: Bei diesen Lektionen wirst du nicht nur die scholastische Beweisführung lernen, sondern auch die Anschauungen des Aristoteles und seiner Vermittler sowie auch die Meinungen arabischer und jüdischer Gelehrter.

Wie schnell sich Gemma an den Universitätsbetrieb gewöhnte und schon bald den ganzen Verlauf einer Lektion schrittweise in ihr Notizbuch eintragen konnte, zeigen zwei Seiten ihres *pugillariums,* die Jahre später der Königin Beatrix einen unvergesslichen Eindruck machen. Doch dann ist Gemma *laureata* von Urslingen bereits im Übersetzungszentrum von Toledo tätig.

Es geht um den thomistischen Gottesbeweis, das heißt um den Anfang der Vorlesungen an der Universität Federigo II über das Hauptwerk des Thomas von Aquin. Die Summa theologica bleibt für lange Zeit die überzeugende Synthese zwischen christlicher und aristotelischer Lehre. Deshalb werden in Neapel noch lange nach dem Tod des Aquinaten darüber Vorlesungen gehalten. Vor allem auch deshalb, weil Thomas in seiner Beweisführung nicht selten neben antiken Philosophen auch die Interpretation berühmter arabischer und jüdischer Philosophen beizieht.

Und Gemma hat das immer fein säuberlich notiert, wenn er etwa Averroes oder Maimonides anführt. Die Welt dieser Gelehrten war ja schon in der Wissenschaftsakademie von Kaiser Friedrich II. immer präsent.

Gemma hat aber auch die einzelnen Schritte und ihre Initialbegriffe bezeichnet, wie ein Thema nach der scholastischen Methode der Disputation abgehandelt wird.

So ahnt auch die Königin von Neapel, was Scholastik bedeutet, ein Wort, das in ihrer Umgebung fast einen magischen Klang hat.

Jetzt also die Notizen des *pugillariums* zur Frage, ob ein Gott existiert. Diese Frage hatte Kaiser Friedrich schon seinem christlich-jüdisch-islamischen Gelehrtenkreis gestellt. Und auch nach dem Wie dieser Existenz gefragt.

– ***Utrum*** *Deus sit.*
  Gemma notiert, dass das Thema immer mit dem Fragepartikel utrum eingeleitet wird.
– ***Videtur, quod*** *Deus* ***non*** *sit.*
  Dann werde die Frage erst einmal verneint und die Gründe dafür aufgezählt. Es scheint, dass es Gott nicht gibt,
  1. ***quia,*** … weil
  2. ***Praeterea, quod*** … weil überdies
– ***Sed contra*** *est, quod* … Jetzt kommen die Gegenargumente.
– ***Respondeo*** *dicendum, quod* … ich antworte, dass …
  Das ist der Hauptteil, die eigentliche Entscheidung des Lehrers, notiert Gemma. Es gebe fünf Wege, fünf Beweise, dass Gott existiere:
  Erstens das Argument des unbewegten Bewegers (*aliquod primum movens, quod a nullo movetur)*. Alles Bewegte wird durch etwas bewegt. Aber es muss etwas geben, das andere Dinge bewegt, ohne selbst bewegt zu werden. Dieser unbewegte Beweger ist Gott. Er ist der *primus movens.*
  Zweitens das Argument der ersten Ursache. Keine Wirkung ohne Ursache. An der Spitze jeder Ursachenreihe muss man eine erste Ursache annehmen, die verursachend, aber ihrerseits nicht verursacht ist.
  Drittens, dass es eine letzte Ursache aller Notwendigkeit geben muss. Das durch sich selbst Notwendige nennen wir Gott.
  Viertens, dass wir Verschiedenes in der Welt vollkommen finden, was auf etwas höchst Vollkommenes zurückgehen muss.
  Fünftens sehen wir, dass selbst unbelebte Dinge einem Zweck dienen, der von einem Wesen außerhalb ihrer selbst, von Gott, kommen muss.
– ***Ad primum*** *dicendum* … ***Ad secundum*** *dicendum* …
  Den Schluss bildet die Widerlegung der dieser Entscheidung widersprechenden Ansichten.
  Damit schließt der Exkurs über die Existenz Gottes.

Ein vorzeitiges „*Sed contra*“ des hoch geachteten Rabbi Maimonides wurde in einem der berühmten *colloquia federiciana* vom jüdischen Vertreter zitiert: Es brauche keine Gottesbeweise; „Ich glaube mit voller Überzeugung, dass der Schöpfer – gelobt sei sein Name – einzig ist und keine Einheit, seiner Einheit in irgendeiner Beziehung gleicht und dass er allein unser Gott war, ist und sein wird." Und sein islamischer Antipode zitierte in der gleichen Gelehrtenrunde den Averroes, dass das Argument des Aristoteles vom einzigen unbewegten Beweger genüge, „im Namen Allahs, des Allerbarmers, des Allbarmherzigen."

Das hat aber nicht etwa Gemma in ihrem *pugillarium* notiert, diese Aussagen stammen wörtlich aus den „Memorabilia" ihrer Großtante Amalia von Urslingen, seinerzeit Gerantin in Friedrichs Castel del Monte.

Und ein weiteres Maimonides-Zitat hat sie Wort für Wort aufgeschrieben. Zuerst erinnert sie wieder an das fürchterliche Experiment des Kaisers mit dem im Fass Sterbenden, dem nach dem Tode keine Seele entwichen sei. Die Frage nach dem Weiterleben der Seele habe der Kaiser dann auch zum Thema eines speziellen Kolloquiums gemacht. Damals habe der jüdische Rabbi den spöttischen Kaiser ernsthaft angeschaut und feierlich zitiert:

„Ich glaube mit voller Überzeugung, dass eine Auferstehung der Toten zu der Zeit stattfinden wird, die dem Schöpfer wohlgefallen wird. Gelobt sei sein Name, und gepriesen sei sein Andenken für immer und in alle Ewigkeit."

Am Schluss des ganzen Vorlesungsrapportes liest die Königin Beatrix nun plötzlich eine unerwartete Anmerkung: Gemma schreibt da, dass sie mit den Vorlesungen über die philosophische Theologie des Thomas von Aquin nie richtig warm geworden sei. Sie hätte zwar das Schema einer scholastischen Disputation kennen und dieses exakte Vorgehen schätzen gelernt. Aber all diese gescheiten Unterscheidungen und Schlussfolgerungen seien im Kopf geblieben und nie bis zu ihrem Herzen vorgedrungen.

Und später wird sie dem Ersten Sekretär des Erzbischofs von Lyon gar gestehen, dass ihr nach den nüchternen Vorlesungen erst beim Lesen im *„Itinerarium mentis in Deum"* des Franziskanermagisters Bonaventura so richtig warm ums Herz geworden sei.

Die Arabischstunden an der Universität hingegen machten Gemma weniger Mühe. Natürlich musste sich die Sprachbegabte auch hier mit stetigem Fleiß einarbeiten wie damals in die deutsche Lyrik Walthers von der Vogelweide. Aber die arabische Schrift erweckte in ihr jene kindliche Freude, die sie einst beim Anblick der zarten japanischen Tuschzeichnungen empfand, die auf irgendwelchen unbekannten Wegen ins Herzogsschloss von Foligno gekommen waren.

AD VICESIMUM:

Gemma de Urslingen, ***Legata Caroli regis***

Wie Gemma als Gesandte des Königs Karl in Lucera einreitet, ruft ein kleiner Araberjunge: „La Fatima, la Fatima" und springt freudig in den Hof seines Elternhauses zurück. Gemma gleicht in ihrem Äußeren offenbar dem Bild, das sich der Kleine in der Koranschule von der jüngsten Tochter Mohammeds gemacht hat. Und das Wappen auf dem Satteltuch der Reiterin muss der Schüler als die Böses abwehrende „Hand der Fatima" gedeutet haben. Das Doppelwappen Karl I. von Anjou mit der Frankenlilie links und dem Jerusalemer Kreuz rechts sieht zwar nicht wie Fatimas Zauberemblem aus, aber so genau hat der begeisterte Junge ja auch nicht hingeschaut.

Gekleidet wie eine Laienäbtissin im grünen langen Sammetrock reitet sie im Damensitz zum kleinen Palast des Kadi. Ihr dunkelroter Mantel, der oben mit einer Fibel zusammengehalten wird, fällt an den beiden Flanken des Schimmels herunter. Ein weißes Haubentuch umschlingt Haupt und Hals, ganz ähnlich wie die Luceraner Frauen ihre dunkelbraunen Köpfe einhüllen.

Aber dass das nicht die auferstandene Fatima sein kann, sehen die Frauen und Männer sofort, die jetzt neugierig aus ihren Hütten getreten sind. Denn die verhasste Anjou-Standarte, die einer der beiden Vorreiter mit der Rechten in die Luft hält, ist nicht zu übersehen.

Der Kadi persönlich empfängt die hohe Dame und führt sie in den kleinen Saal, der für Empfänge bestimmt ist. Dort übergibt sie ihm nach dem Begrüßungsritual erst das Geschenk des Königshofes, eine in Hirschleder gefasste Bibel der Christen. Es ist eines jener seltenen Exemplare zweisprachiger Ausgaben, die aus der Übersetzungsschule von Toledo hervorgegangen sind. In der linken Spalte das Vulgata-Latein und in der rechten die arabische Kurrentschrift. Und wie die hebräische Thora liest man diese lateinisch-arabische Bibel von rechts nach links und von hinten nach vorn.

Bei der Übergabe bemerkt Gemma wie zufällig, dass es eigentlich erstaunlich sei, dass Maryam, die Mutter des Jesus von Nazareth, im Koran viel öfter erwähnt werde als in der christlichen Bibel. Der Kadi hört das zum ersten Mal, hebt die brandschwarzen Brauen und schaut seinem schönen Gast etwas skeptisch in die Augen. Kadi Hassan ist ein guter Krieger und ein schlauer Stadtpolitiker, an theologischen oder gar philosophischen Fragen hat er weniger Interesse. Er wird also nächstens den Imam seiner Quartiermoschee fragen, ob das stimmt.

Aber Gemma hat bei ihm Eindruck gemacht. Ihre sanfte Stimme und ihr gewählter Wortschatz machen den alten Haudegen verlegen. Auch ist ihm nicht entgangen, wie die Hofgesandte zwischenhinein immer wieder bewundernd an die Wanddekorationen emporschaute. Schließlich hat sie gar den Anfang der 19. Sure, die Maryam der Mutter Jesu, gewidmet ist, zitiert und das Arabische mit jenem kehligen Akzent ausgesprochen, wie sie es an der Universität Federigo Secondo gelernt hat. Auch das wird er seinen Imam fragen, ob die 19. Sure wirklich Maryam im Titel trage.

Nun macht der Podestà von Lucera einen ungewöhnlichen Vorschlag: Er wisse, dass König Karl – Allah, der Herr aller Weltenbewohner schütze ihn – für die fürstliche Dame in Lucera ein fürstliches Haus mit entsprechender Dienerschaft und Bewachung vorgesehen habe. Es wäre nun für ihn, den mächtigen Kadi, eine große Ehre, der Botschafterin seines Königs den Ostteil seines Palastes, wo sich die fein ausgestatteten Frauengemächer befinden, zur Verfügung zu stellen. Ebenso gerne würde er für ihre ganze Haushaltung aufkommen und mit einer eigenen Wachmannschaft für ihre Sicherheit garantieren.

Das hat Gemma nicht erwartet, aber blitzartig die Vorteile einer solchen Beherbergung erfasst: So wäre sie von Anfang an mitten in die muslimische Gesellschaft eingebettet und erst noch in der Nähe der Macht. König Karl I. von Anjou würde das sicher gutheißen, ja gar begeistert erkennen, dass er in Lucera mit der Botschafterin zugleich eine Spionin eingesetzt habe. Und so geschieht es auch.

Einen der Ritter, die sie heute nach Lucera eskortiert haben, schickt sie noch am gleichen Abend als Meldereiter nach Neapel. Der Kadi drängt ihm eines seiner schnellen arabischen Pferde auf, und nach zwei Tagen ist er wieder zurück mit der erwarteten Antwort: „*Fiat ita*. So sei es!“

Für den Luceraner Kadi ist das eine unerhörte Neuerung. Erst allmählich lassen die Spötteleien seiner reichen Kaufleute und die Vorwürfe der Korangelehrten nach. Den Vorwurf der Frauendienerei hatte er nämlich geschickt mit dem berühmten Rat von Kalif Omar I. gekontert – Allah hat ihn weise gemacht, gelobt sei er:

„Frage die Frauen, und tue dann das Gegenteil von dem, was sie dir raten!“

Mit der Beherbergung der einflussreichen Beraterin hat er dem verhassten König von Neapel und Sizilien ein Kuckucksei ins Nest gelegt.

Noch am gleichen Abend, nachdem die Approbation des Königs eingetroffen war, lädt er die Honoratioren von Lucera zu einem Festmahl ein, zu Ehren ihrer Hoheit, der königlichen Legatin Gemma von Urslingen.

Wie bei den Sitzungen der Madrasa sitzt Gemma auf einem erhöhten Polster im Kreis der hohen Herren im kleinen Festsaal der Kadi-Burg. Ihr Sitz ist so gerichtet, dass sie durch den maurischen Kleeblatt-Bogen der Eingangstüre direkt in den kleinen „Patio de Naranjos“ hineinsehen kann. Kadi Hassan nennt seinen kleinen Orangenbaumgarten etwas großsprecherisch nach dem spanisch-arabischen Palastmuster und setzt jeden hohen Gast immer in die Richtung dieses Paradiesgärtchens.

Die Wände des quadratischen Raumes sind mit dem Stalaktitenmuster verziert, das jeweils von der kufischen Inschrift „Es gibt keinen Eroberer außer Allah“ unterbrochen wird. An der Hinterwand aber, die man vom Orangenhain aus sehen soll, hängt eine Art Gobelin. Es ist aber kein gewöhnlicher vielfarbiger Wandteppich, sondern ein vergoldeter und bemalter Wandbehang aus Leder.

Kadi Hassan hat diese kostbare Wandverzierung extra aus Cordoba kommen lassen. Aus Kamelhäuten verfertigtes Leder sei haltbarer als Rindsleder, erklärt er den Besuchern. Er ist schließlich kein Banause, auch wenn er den Koran nicht kennt und an Disputen der Gebildeten nicht teilnehmen kann.

Bei den Festessen hält er sich genau an die üblichen Vorschriften, lässt den Gästen die Hände waschen und abtrocknen, eröffnet das Mahl mit „Bismillah, im Namen Allahs", langt nur mit der rechten Hand in die Schalen und lehnt sich nicht zurück beim Essen.

Nur als die Vorspeisen in elfenbeinernen Schüsseln aufgetragen werden, bekommt er plötzlich einen Hustenanfall. Das Kichererbsenbällchen, das er eben in den Mund geführt hat, war wohl zu scharf gewürzt. Er spuckt es in die linke Hand, ruft den Diener herbei, trinkt den halben Krug Wasser leer und prustet doch weiter drauflos. Die andern Herren achten kaum darauf. Offenbar sind sie solche gutturalen Ausbrüche ihres Kadi gewohnt. Er aber würde ganz anders reagieren, wenn er jetzt beispielsweise bei seinen Soldaten in der Wachtstube wäre. Da hätte er – Allah verzeihe es – einen tüchtigen Schluck Pfirsichschnaps die Kehle hinuntergespült. Beim Wildbret ist er dann wieder voll esstüchtig, führt die Gazellenkeule vornüber gebeugt an den Mund und reißt heftig schmatzend das Fleisch vom Knochen.

Während des ganzen Essens hat Hanna eigentlich nur auf ihn geschaut. Ein richtiger Berber, denkt sie. Nachkomme der alten biblischen Nomaden, raubeinig und direkt, nicht so unnahbar und durchtrieben wie die umsitzenden Ratsherren.

AD VICESIMUM PRIMUM:

Gemma in der Koranschule.

Als Gemma zum ersten Mal in der Koranschule der Freitagsmoschee Platz nimmt, staunen die in der ganzen Stadt zusammengerufenen Imame und Korangelehrten nicht nur über ihre Schönheit. Auch ihre rhetorische Gewandtheit fällt den gebildeten Herren sofort auf. Kadi Hassan hatte sie alle darauf vorbereitet, dass sie der Stellvertreterin des Königs gegenüber sitzen würden und ihr entsprechend Respekt entgegenbringen sollten. Insgeheim schauen sie immer wieder auf das weißseidene Stirnband mit dem königlichen Emblem, das die goldblonde Haartracht der christlichen Hofdame zusammenhält.

Ihr weinroter Rock, der unter der Taille von einem blauen Gürtel gestrafft wird, verdeckt den niedrigen Polstersessel, den ihr der Moscheediener auf Kadis Befehl hingestellt hatte. Auch den langen weißen Schleier, der ihr so geschmeidig über den Rücken fällt, hat der Diener ganz dekorativ auf den Teppich hingebreitet.

So sitzt sie mit geradem Rücken – das hatte ihr damals der Reitlehrer beigebracht – und etwas erhöht über der Runde der auf ihren Gebetsteppichen sitzenden muslimischen Gelehrten. Wer als Königin geachtet werden will, muss wie eine Königin auftreten.

Nach einer kurzen Begrüßung, die Gemma charmant in Arabisch erwidern kann, stellt der Imam der Hauptmoschee seine erste These auf. Er spricht arabisch. Wie er aber sieht, dass die Königsdame zuweilen fragend den Kopf hebt, fügt er die Hauptbegriffe und Schlüsselworte in Latein hinzu:

„Es gibt so viele Christen, dass Allah allein sie zu zählen vermag, und sie können sich kluger Fürsten und berühmter Philosophen rühmen. Und doch glauben sie, dass einer drei sei und drei einer, dass einer von den dreien der Vater, der andere der Sohn und doch nicht der Sohn, ein Mensch Gott und doch nicht Gott sei. Sie glauben, der Messias

habe seit allem Anbeginn existiert und sei doch erschaffen. Wie ist so etwas möglich?"

Mit dieser Frage wendet sich Ibn Hazm direkt an die prominente Vertreterin der Christenheit in der heutigen Runde. Die andern Gelehrten nicken ihm zu und schauen dann gespannt zur hohen Dame empor.

Gemma von Urslingen ist ganz überrascht, dass sie gleich anfangs Stellung beziehen soll zu einem der kniffligsten Themen der Theodizee. Sie hatte eine Lehrgeschichte erwartet, wie es der arabischen Unterrichtstradition entspricht. Ein Sohn stellt seinem Vater eine bestimmte Frage, und dieser erzählt als Antwort eine Beispielgeschichte.

Einen Moment lang ist sie versucht, sogleich mit einer Gegenthese zu antworten: Den gescheiten Herren den Begriff „kalimat Allah, Wort Gottes" entgegenzuhalten, mit dem der Koran Jesus, den Sohn von Maryam bezeichnet (Sure 4,169). Sie hätte dann ganz ernsthaft die Gegenfrage gestellt, ob das nicht genau mit der Logos-Lehre der christlichen Theologie übereinstimme.

Doch sie will die wohlwollende Atmosphäre der ersten Gelehrtensitzung nicht aufs Spiel setzen, obwohl hinter diesem freundlichen Gebaren der Imame die intellektuelle Überheblichkeit mit frechen Augen hervorlugt.

So lässt sie sich nichts anmerken, und die Imame deuten ihr kurzes Schweigen als intensives Nachdenken oder als meditative Zwiesprache mit ihrem Gott.

Thomas von Aquin spricht tatsächlich von den zwei Naturen in der einen Person Christi. Kurz repetiert Gemma im Kopf die entsprechende Vorlesung an der Universität Federigo Secondo in Neapel. Das *„sed contra"*, die Gegenargumente lieferte damals Nestorius, der Patriarch von Konstantinopel im 5. Jahrhundert: Der Sohn der Jungfrau Maria sei ein anderer als der Sohn Gottes. Wie aber hat Thomas seine These gestützt? Gemma weiß es nicht mehr.

Jetzt wäre ihr das Schwan-Beispiel, mit dem einst Frater Servatius seinem Lehrling Hanno die Einheit von Natur und

Person in Christus erklärt hat, zu Hilfe gekommen. Wie der Schwan, der fliegen und schwimmen kann, nicht eine Vogel- und Fischnatur hat, sondern eben die einzigartige Schwan-Natur, so habe auch Christus eine untrennbar göttlich-menschliche Natur.

Aber würden ihr das die Koran-Geistlichen abnehmen? So sagt sie denn das einzig Richtige in den Augen der Gottesgelehrten: Die christlichen Theologen würden es das trinitarische Geheimnis nennen und damit andeuten, dass es ein göttliches Mysterium sei, das nur Gott allein verstehe. „Ja, Bismillah – Allah allein versteht es", bestätigt Ibn Hazm.

Die islamischen Theologen senken ihre Köpfe zum Zeichen des Einverständnisses und der Ehrerbietung gegenüber der weisen Christin. Ohne dass sie es wusste, hat sie damit die geheime Eintrittsprüfung in die Madrasa bestanden. Denn als kleine islamische Universität bezeichnen die selbstbewussten geistlichen und politischen Honoratioren den Gelehrtenkreis ihrer Stadt. Die Vertreterin des Königs wird seit diesem Tag zu jeder Sitzung der Madrasa eingeladen.

Eigentlich hätte Gemma die Muslime mit dem christlichen Gedankengut vertraut machen sollen. Das war im Grunde der Auftrag, den ihr König Karl schriftlich ausgehändigt hatte. Königin Beatrice wusste um die Schwierigkeit dieser Mission und hat der Legatin deshalb ganz bewusst die *„disciplina clericalis"* des Petrus Alfonsi verschafft.

Der Hofarzt des Königs Alfons I. von Aragon war ein zum Christentum konvertierter jüdischer Gelehrter, der den Koran ins Lateinische übersetzt hatte und in der Kultur aller drei abrahamitischen Religionen bewandert war.

Beatrice aus der Provence kannte diese Erziehungsgespräche zwischen einem arabischen Vater und seinem neugierigen Sohn. Schon öfter hatte sie darin Rat geholt, wenn das Hofgesinde und vor allem die Knappen wieder einmal unter der stillen Wut des Königs zu leiden hatten.

Noch hilfreicher erwies sich allerdings die pädagogische Abhandlung *„De eruditione seu modo instruendorum filiorum nobilium"*, die der Dominikanermönch Vinzentius Bellovacensis, Erzieher am Hofe ihres Schwagers, des Königs Ludwig IX. von Frankreich, ihr persönlich mit einer Widmung überreicht hatte. „*Über die Erziehung oder die Methode, die Söhne des Adels zu unterrichten*“, solch konkrete Hinweise konnte Gemma gerade jetzt gut gebrauchen.

Gemma schätzt den „Alfonsi“, wie sie die Erziehungsschrift liebevoll nennt, von Tag zu Tag mehr. Schritt um Schritt, Erzählung um Erzählung fühlt sie sich sicherer in der arabischen Denk- und Handlungsweise. Hier ist nicht die Rede von prächtigen Turnieren, ritterlichen Ausfahrten und schönen Edelfräulein wie in den ihr bekannten höfischen Romanen. In diesen lehrhaften Erzählungen begegnet sie einer gebildeten (*clericalis*) städtischen Gesellschaft, wie sie in Lucera besteht. Das ist Lebenskunde östlicher Weisheit. Einzig die Erzählungen über die bösen Weiber findet sie doch etwas übertrieben.

Ganz überrascht ist sie aber, wie ihr Petrus Alfonsi auch in der Diskussion um die Person Jesu Christi zu Hilfe kommt. Der eine Christus sei nämlich aus drei Substanzen, Leib, Seele und Gottheit, gebildet und sei Gott und Mensch in einem. Aber darüber wird sie nicht mehr mit den Gelehrten der Madrasa streiten, auch wenn sie ihre damalige Ausflucht noch immer als Niederlage empfindet.

Dafür ist sie an anderer Stelle vor Stolz aufgeblüht, nämlich dort, wo vom wahren Adel (*de vera nobilitate*) die Rede ist.

Ad vicesimum secundum:

Mit den Worten des Aristoteles antwortet Alfonsi: *„Ein Mann, der in den sieben freien Künsten ausgebildet, in den sieben Regeln des guten Benehmens erzogen und in den sieben ritterlichen Fertigkeiten geübt ist. Das halte ich für den vollendeten Adel.“*

Mit sichtlichem Genuss überfliegt Gemma den Katalog adeliger Ausbildung, den sie als junge Frau in Foligno so tapfer durchgestanden hat. Auch sie ist „*septem liberalibus artibus instructus respective instructa*“; auch sie ist „*industriis septem erudita*“; auch sie ist „*septem etiam probitatibus edocta*“. Und darum kann sie mit Fug und Recht sagen: „*Et ego hanc aestimo perfectam esse nobilitatem.*“ Sie ist eine exzellente Vertreterin des gebildeten Adels.

Mit freudigem Stolz erinnert sich Gemma an die sieben Schulfächer: Dialektik, Arithmetik, Geometrie, Physik, Musik, Astronomie. Welches war ihr siebentes und liebstes? Richtig, Grammatik, ein Fach, das im Sprachstudium auch die Literatur mit einbezog: Ovid, Walther von der Vogelweide, die provenzalischen Troubadours, Federigos sizilianische Lyrik. Der Hofkaplan war zugleich ihr gütiger und unendlich geduldiger Hauslehrer. Nur einmal hat er die Contenance verloren, als sie in jugendlichem Trotz unbedingt den Vater auf die Falkenjagd hinauf ins stille Montefalco begleiten statt in die Lateinstunde wollte.

Die ritterlichen Fähigkeiten (*probitates*) bereiteten ihr mehr Mühe: Reiten (*equitare)* in der Reithalle der herzoglichen Burg, Schwimmen (*natare*) erst im großen Rundbrunnen des Hofes, dann am Ufer des Topino entlang; Bogenschießen (*sagittare*) im nahen Wäldchen, Boxen (*cestibus certare*) hingegen hat der Vater mit Recht untersagt, Jagen (*aucupare*) mit ihrem Lieblingshund, Schachspielen (*scaccis ludere*) und, was ihr am leichtesten fiel: selber Verse machen (*versificari*).

Die Vorschriften guten Benehmens schließlich (*industriae*) kannte sie von Hause aus: Man soll vor dem Essen die Hände waschen (*ablueris manus)*. Man darf nicht zu viel essen (*ne sit vorax*), nicht zuviel trinken (*ne sit potator*).

Da erinnert sich Gemma an ihren stets zu Späßen aufgelegten Onkel, den jüngeren Bruder ihres Vaters. Rainald von Urslingen war ein großer Trinker vor dem Herrn, gleichzeitig aber spielte er die Rolle des Hofnarren. Niemand konnte den amtierenden Herzog so treffsicher kritisieren wie er, immer aber mit spaßhaften Worten und lustigen Andeutungen.

Dabei führte er jedes Mal – und Gemma erinnert sich genau – die Benediktsregel ins Feld. Was auch immer der Herzog scheinbar verbrochen hatte, eine der 74 Mahnungen des vierten Artikels traf sicher zu. Wenn sich zum Beispiel Rainald vernachlässigt fühlte, warf er seinem älteren Bruder die Mahnung 71, „die Jüngeren lieben", an den Kopf, aber erst nachdem er sich *per longum et latum* und ehrerbietig über die 70. Mahnung, „die Älteren ehren", ausgelassen hatte. Für sich selber aber machte Onkel Rainald ausschließlich das 40. Kapitel der Benediktsregel geltend, wo ausdrücklich steht, dass jeder im Tag eine Hemina Wein (etwa ein Viertelliter) zugute habe. Wie viel eine Hemina betrage, das aber bestimme er als freier Bürger des kirchenstaatlichen Foligno immer noch selber.

Man soll aber nicht nur im Essen und Trinken genügsam sein, fährt die Anstandslehre der *„clericalis disciplina"* fort, auch nicht mit weltlicher Eitelkeit prangen (*ne luxuriosus*).

Und da überkommt Gemma eine andere Jugenderinnerung. Diesmal geht es um ihre Tante, die jetzige Priorin des Zisterzienserinnenklosters von Viterbo. Die ehrwürdige Bernarda von Urslingen hatte nämlich einen seidenen Schal in Verwahrung, dessen Herkunft sie einfach niemandem verraten wollte. Immer aber am Namenstag des heiligen Franz von Assisi trug die hochgewachsene Priorin den genannten Schal um ihren schlanken Hals. Fragte dann jeweils an diesem 4. Oktober eine Mitschwester neugierig nach der Herkunft, meinte sie nur, dieses seltene Stück sei einst über die Seidenstraße irgendwie nach Foligno gelangt. Nur ihrer Nichte Gemma hat sie es als ihr großes Familiengeheimnis mitgeteilt, und auch nur, weil sie damals noch hoffte, Gemma werde ihre Nachfolgerin im Kloster werden.

Der Schal, so flüsterte sie ihr ins Ohr, sei vom heiligen Franz persönlich. Ihre Mutter sei nämlich wie üblich an einem Samstag auf den Markt von Foligno gegangen, als plötzlich ein stattlicher Reiter mitten im Marktgetümmel aufgetaucht sei. Ein junger Mann in der eleganten Kleidung eines Kaufmanns sei vom Pferd gestiegen, habe die beiden Binsenkörbe, die an einem Gurtband an des Pferdes Flanken herunterhingen, vom Pferd gehoben und auf einen Tisch gestellt. Dann habe der Fremde allerlei farbige Tücher und Laken verschiedener Größe und diverser Qualität aus den Körben genommen und auf dem Tisch ausgebreitet. Und was machte die Mutter, respektive deine Großmutter, Gemma? Aus lauter Sympathie für den höflichen jungen Mann kaufte sie den seidenen Schal, den er eben auf beiden Händen den neugierigen Damen entgegen hielt.

Erst später hat deine Großmutter vernommen, dass der Fremde ein gewisser Giovanni Bernardone aus Assisi gewesen war, der den Erlös aus dem Tuchverkauf dem Priester von San Damiano gebracht hat, damit dieser seine Kirche ausbessern könne.

„Und kannst du dir vorstellen, Gemma, wie sehr ich dieses Erbstück meiner Mutter schätze, ja geradezu wie eine Reliquie verehre? Denn wenn ich Jahr für Jahr am 4. Oktober diesen Schal um den Hals lege, meine ich noch heute die herzliche Wärme zu spüren, die der heilige Franz zu seiner Zeit ausgestrahlt hat."

Gemma ist nicht weiter überrascht von den feinen Tischsitten, die der arabische Vater seinem Sohn beibringen will. Sie weiß aus dem Studienjahr an der Napolitaner Universität, dass die arabische Kultur zu dieser Zeit in allen Wissensbereichen und in der Lebensart der westlichen Welt überlegen war. Nur ein arabisch und jüdisch erzogener und christlich versöhnter Semit, wie es Petrus Alfonsi war, konnte ein solches Schatzkästlein von Lebenserfahrungen zusammenstellen. Solch differenzierte Anweisungen hatte Gemma noch nie gehört. Es war für sie eine neue Weise, die Welt und die Menschen zu sehen, eine bisher ungewohnte Art, die aus der Schatztruhe der alten Kulturvölker des Ostens und nicht aus jener des griechisch-römischen Altertums schöpfte.

„Du sollst kein Brot essen (*ne comedas panem),* bevor die anderen Gerichte auf den Tisch kommen, damit du nicht als unbeherrscht (*impatiens*) giltst. Nimm nicht einen so großen Mocken (*tantum bolum*) auf einmal in deinen Mund, dass dir die Stücke auf beiden Seiten herunterfallen und du als Fresssack (*gluto*) angesehen wirst. Schlinge den Bissen nicht herunter, bevor du ihn in deinem Munde gut gekaut hast (*commasticatum*), damit du nicht erstickst (*ne straguleris*). Trinke erst dann, wenn dein Mund leer ist, damit man dich nicht für einen Trunkenbold (*vinosus*) hält. Sprich nicht mit vollem Mund, damit nicht etwas aus der Mundhöhle in die Luftröhre (*in intimam arteriam)* gerät und zu deinem Tode führt. Und wenn du ein gutes Stück, das dir gefällt, in der Schüssel *(in parapside*) siehst, die vor deinem Tischnachbarn steht, so nimm es dir nicht, damit man dir nicht schlechtes, bäurisches Benehmen *(prava rusticitas*) vorwerfen kann.

Nach dem Essen wasch dir die Hände, weil das hygienisch und höfisch ist (*quia phisicum est et curiale).“*

Mit großem Vergnügen hat die Erbtochter des Herzogshauses von Spoleto die „clericalis disciplina“ gelesen und der Königin Beatrice für diese Missionshilfe speziellen Dank abgestattet. Die beiden adeligen Damen hatten ein gemeinsames Interesse an der farbenreichen arabischen Gartenkultur und an der hochstilisierten Innendekoration der Paläste. Das alles wurde vom strengen, wortkargen und asketisch-frömmlerischen Karl von Anjou von Herzen verachtet. Darum mussten die beiden sich heimlich hinter seinem Rücken austauschen, wenn sie zufällig oder auch bewusst auf eine arabische Perle der Literatur oder auf eine spezielle Zierpflanze gestoßen waren.

Eine solche Perle der Literatur hatte Gemma kürzlich in der Bibliothek der Madrasa gefunden. Es war ein heilkundliches Werk des Ibn Butlan, eines christlich-nestorianischen Arztes, das im Auftrag des Königs Manfred von Sizilien als *„Tacuinum Sanitatis“* aus dem Arabischen ins Lateinische übertragen worden ist.

Man kann sich die Reaktion Karls von Anjou etwa vorstellen, wenn er erfahren hätte, dass seine beiden verehrten Hofdamen, die Königin und die Legatin, sich mit einem Werk befassen, das der verfluchte Staufer Manfred in Auftrag gegeben hatte.

So musste Gemma die Stelle, wo Ibn Butlan ganz nebenbei das Frauen- und Männerideal beschreibt, in der Bibliothek eigenhändig kopieren und das Blatt dann diskret der Königin zustecken.

Gemäß Ibn Butlan ist der ideale Mann „*ostpersischer Abstammung, arabisch seinem Glauben nach, Anhänger der hanafitisch-sunnitischen Rechtsschule, von irakischer Bildung, erfahren wie ein Hebräer, ein Jünger Jesu in seinem Wandel, fromm wie ein syrischer Mönch, ein Grieche in den Einzelwissenschaften, ein Inder in der Deutung der Geheimnisse, endlich aber ein mystischer Sufi in seinem ganzen Geistesleben.*“

Die ideale Frau aber sieht er vorerst in der Rolle der idealen Sklavin: „*Die ideale Sklavin ist ein Berbermädchen, das im Alter von neun Jahren aus ihrem Heimatland exportiert wird, drei Jahre in Medina und drei Jahre in Mekka verbringt und mit fünfzehn nach dem Irak kommt und dort den Schliff der Bildung erhält. So vereinigt sie dann in sich die Vorzüge ihrer Rasse, die Erscheinung der Medinenserin, die weibliche Anmut der Mekkanerin und die Kultiviertheit der irakischen Frau.*“

Wie sieht es denn mit dem abendländischen Mannesideal aus, außerhalb des höfischen Rittertums? Karl von Anjou wird es kaum verkörpert haben. Aber vielleicht der Graf Balduin II. von Guines/Calais? Seine Lebensbeschreibung stand jedenfalls ganz vorne im Regal der Präsenzbibliothek der Universität Federigo Secondo von Neapel. In dieser Biografie um 1200 konnte jedermann lesen: „*Er bereicherte sein Wissen aus einer solchen Menge von Büchern, dass er es mit Augustin in der Theologie, mit dem Areopagiten Dionys in der Philosophie, mit Thales aus Milet, dem Fabelerzähler, in Kenntnis heidnischer Lieder, in Heldenliedern und Aventiuren, schließlich auch in Späßen des gewöhnlichen Volkes mit den bekanntesten fahrenden Sängern und Gauklern aufnehmen konnte.*“

AD VICESIMUM TERTIUM:

Es dauert nicht lange, bis Gemma merkt, dass sie den islamischen Gelehrtenkreis nicht für das Christentum interessieren kann. Da hilft ihr letztlich auch der „Alfonsi“ nicht, der doch die morgenländische Lebensweisheit mit christlicher Frömmigkeit witzig und fabelfroh verbindet. Die Freude, mit welcher der kultivierte Arzt aus Bagdad seinen neuen christlichen Glauben mit Sprichwörtern, Beispielen, Tierfabeln, Anekdoten und Menschenschicksalen warnend und humorvoll bekräftigt, geht nicht auf die ernsten Gemüter der Imame über.

Aber auch die einfachen Gläubigen, mit denen Gemma fast jeden Tag in Berührung kommt, wollen nichts vom Christentum wissen. Sie schätzen zwar die vornehme Vertreterin des Königs, bringen ihrem christlichen Herrscher die nötige Achtung entgegen, aber damit hat es sich. Im Alltag gehen sie ihrem gewohnten Gewerbe nach, treiben ganz selbstverständlich Handel mit den christlichen Nachbarstädten, exportieren Waffen, Stoffe und orientalische Gewürze und tauschen für ihre Agrarprodukte Salz aus den Salinen von Reate ein.

Lange hatte Gemma von Urslingen darauf hingewirkt, dass wenigstens in Unteritalien die drei abrahamitischen Religionen in gegenseitiger Toleranz einen gemeinsamen Kulturraum bilden könnten, wie es in Teilen Spaniens im 12. Jahrhundert der Fall war. Die Vorlesung „Begegnung zwischen Orient und Okzident“, die sie noch vor wenigen Wochen an der Universität Federigo Secondo in Neapel von der Empore aus verfolgen konnte, hatte ihr diese Vision in den Kopf gesetzt. Sie meinte, gerade Lucera könnte zum Ort einer gegenseitigen Begegnung werden, wie es Toledo war, wo dasselbe Gotteshaus am Freitag den Muslimen, am Sabbat den Juden und am Sonntag den Christen als Ort der Versammlung diente. In Toledo war es auch, wo die ersten Bischöfe der Stadt Christen, Mohammedanern und Juden die gleichen Rechte gewährten und dieselben Bischöfe von den

Juden die naturwissenschaftlichen und philosophischen Bücher der Araber ins Lateinische übersetzen ließen. *Mauri*, *iudei* und *christiani* galten vor dem Gesetz als gleichwertig.

So hast du es gehört, Gemma, und hast gemeint, dass dieses Zusammengehen auch in Lucera möglich sein sollte. Aber hat dir nicht schon König Karl alle Illusionen genommen? Und die Luceraner selbst, zeigten sie sich nicht plötzlich als geschlossene Gesellschaft? Einzig der alte Kriegerstand, der dem Stauferhaus gedient hatte, kümmerte sich nicht um Religionsriten und hat dem König den Treueid erneuert, im Namen Allahs allerdings, des Allbarmherzigen.

Jetzt, liebe Gemma, merkst du auf einmal, dass nicht nur die Imame ihr Wissen für unwiderleglich halten. Auch eine einfache Muslima wie die Gouvernante Aisha, die dir Kadi Hassan als Dienerin zugeteilt hat, hält ihren Allah-Glauben für den einzig richtigen. In ihren Augen eilst du als Ungläubige leider der ewigen Strafe entgegen. Sie bedauert das unendlich, kann es aber nicht ändern.

Hast nicht du dich anfangs ebenso überlegen gefühlt? Als eine Von Urslingen, aufgewachsen im herzoglichen Schloss von Foligno, ausgebildet in allen ritterlichen Tugenden, bewährt als Erzieherin adeliger Jugend und Auditorin an einer der ältesten Universitäten Europas?

Und doch konntest du dem fraglosen Überlegenheitsgefühl der Luceraner nichts entgegenhalten. Hast du nicht selber in Alfonsis lateinischem Koran lesen müssen, dass der Islam „die natürliche Religion" sei, zu der die Menschen „ihrer Natur nach" erschaffen sind?

Dank ohne Ende für sein Erwähltsein ströme aus des Muslims Herzen *„zu Allah, der unter uns den Boten froher Kunde, den Warner erweckt hat, die erleuchtende Lampe, die zu seinem Verständnis leitet, zu seiner Liebe aufruft und auf den Weg zu seinem Paradiese führt. Lob gebührt Allah für die Religion des Islam: Wer sich ihr anschließt, dem wird Erfolg, wer sich an sie hält, wird recht geleitet; wer sich für sie einsetzt, wird gerettet; wer ihr Feind ist, geht zugrunde."*

Weißt du noch, wie dir bei einer der ersten Madrasa-Sitzungen einer der Imame dieses Loblied eines zum Islam konvertierten Christen triumphierend vor die Augen hielt?

Aber Gemma will noch nicht aufgeben und Königin Beatrice unterstützt sie darin. Zusammen hatten sie erreicht, dass Karl von Anjou den Auftrag als königliche Legatin um ein Jahr verlängerte, widerwillig zwar, aber auf die eindringliche Bitte der Königin kam sein Placet doch noch zustande.

Die beiden gebildeten Damen hatten nämlich inzwischen vom Beispiel des amtierenden Königs von Kastilien und Leon gehört. Alfons X., genannt der Weise, hatte sich in den Fürstenhäusern und Klöstern Europas einen Namen gemacht. Vor allem durch die Gründung einer Übersetzerschule in Toledo, wo Juden, Moslems und Christen antike Werke der Dichtung und Wissenschaft aus dem Griechischen und Arabischen ins Latein übertrugen. Er hat aber auch wie Friedrich II. – Gott hab ihn selig – die Volkssprache unterstützt, indem er das Alte Testament der lateinischen Vulgata ins Kastilische übersetzen ließ und selber *cantigas* dichtete. Und wie Kaiser Friedrich ein Buch über die Falken, so hat auch König Alfons ein Buch in der Volkssprache verfasst, das Schachprobleme-Buch „Libro de acedrex, dados e tablas."

Von seiner hohenstaufischen Abstammung durch seine Mutter Elisabeth, eine Tochter des deutschen Königs Philipp von Schwaben, hat aber Gemma erst jetzt vernommen. Vor Kurzem war nämlich im Königskastell von Neapel die Nachricht eingegangen, Alfons der Weise sei von seinem eigenen Sohn Sancho und den kastilischen Vasallen entthront worden. Der Bote, der auf einem Handelsschiff nach Neapel gelangt war, brachte mit dem offiziellen Absetzungsschreiben zugleich das Testament des Entthronten mit. Alfons wollte so alle geistlichen und weltlichen Fürsten des deutsch-römischen Kaiserreiches zu Zeugen machen, wie umsichtig er sein Königreich verwaltet und Frieden zwischen den Religionen gestiftet habe.

„Ja, verwaltet, aber nicht regiert", höhnte Karl von Anjou, als er das Vermächtnis las, „im Übrigen ist damit wieder einer weniger von diesem staufischen Natterngezücht."

Beatrice und Gemma überhörten es. Sie konzentrierten sich auf die bekenntnishaften Sätze des königlichen Testamentes:

„Ich hatte das Glück, in Toledo aufgewachsen zu sein, wo mich Bischof Raymond mit seinen christlichen und jüdischen Übersetzern in die Kultur des Islam eingeführt hat. Ich habe dann den Koran und den Talmud ins Lateinische übersetzen lassen.
Die rühmlichste Tat meiner Regierungszeit war, dass ich in Murcia mit dem moslemischen Philosophen Mohammed Al-Rikuti eine Schule gegründet habe, wo zum ersten Mal in der Welt Christen, Juden und Moslems zugleich lehren. In Sevilla habe ich dafür gesorgt, dass in den beiden Kultursprachen meiner Zeit, Arabisch und Latein, unterrichtet wurde.“

Dass das Testament Alfons des Weisen mit einem Gotteslob schloss, hat die beiden Frauen nicht überrascht:

„Oh mein Christus,
der du sie alle annimmst,
Christen, Juden, Mauren,
wenn nur ihr Glaube
auf Gott gerichtet ist.“

Dieses Vermächtnis wollte Gemma zu dem ihren machen. Nun erst recht, gegen alle Widerstände, die vom Anjou und den Luceranern weiterhin zu erwarten waren.

AD VICESIMUM QUARTUM:

Hanno, der Sekretär des Erzbischofs von Lyon.
Adhémar de Roussillon persönlich hat an der Vorzimmertür seines Sekretariates die Inschrift SPQH anbringen lassen und seinem Mitarbeiterstab augenzwinkernd erklärt, das heiße nicht etwa *Senatus PopulusQue Helveticus* (in Anspielung auf Hannos Lieblingslektüre: der Kampf der Helvetier in Caesars „Bellum Gallicum"), sondern **S**criptor **P**ictor**Q**ue **H**anno.

Tatsächlich war der Erzbischof von Lyon stolz darauf, dass er in Hanno einen professionellen Schreiber und begabten Miniaturenmaler dem Franziskanerkloster von Parma hat abwerben können. In den vergangenen Wochen war Hanno allerdings mehr auf dem Fechtplatz als im Skriptorium gewesen. Auch die Lehrstunden in Astronomie und Mathematik hatten viel Zeit in Anspruch genommen. Hanno hatte plötzlich großes Interesse am ptolemäischen Weltbild entwickelt. Nicht eigentlich an der Vorstellung, dass das Weltall eine hohle Kugel darstellt, in deren Mitte sich die Erde befindet. Hanno, der Schreiber, war mehr von den Anleitungen des Ptolemäus fasziniert, wie man die wichtigsten Orte auf der Weltkarte nach Längen- und Breitenmaßen bestimmen kann.

Der Astronom und Geograf Ptolemäus trug im damaligen Welthafen Alexandria alle zeitlichen und topografischen Angaben und Erkenntnisse zusammen, die ihm die Seefahrer und Kaufleute aller Handelsrouten des Mittelmeeres übermittelt hatten. Sein Gewährsmann, der Kartograf Marinus, hatte seinerseits im Welthafen Tyrus die Erfahrungsberichte der Reisenden von der Seidenstraße gesammelt, die nun Ptolemäus für seine Angaben auswerten konnte. Er überließ es aber auch den Nachfahren herauszufinden, wo genau der „Steinerne Turm" war, eine offenbar sehr bekannte und stark frequentierte Karawanserei irgendwo auf dem Weg zu den Pamir-Pässen.

So sehr sich Hanno bemühte, das vor mehr als 1000 Jahren gestellte Rätsel zu lösen, den „Steinernen Turm" hat er auch mithilfe seines Mathematiklehrers nicht lokalisieren können.

Unterdessen aber rückt der Tag näher, an dem Hanno zum Ritter geschlagen werden und offiziell das Amt des *Secretarius Primus Archiepiscopi Lugdunensis* antreten soll. Die Bedingungen sind alle erfüllt: Das Examen in den sieben Artes Liberales ist bestanden, nicht *„magna cum laude“*, aber doch bestanden: *„rite probatus“* hieß es im Zeugnis. In den ritterlichen Fähigkeiten muss ihm niemand etwas vormachen, außer im Fechten, da ist er noch immer zu schwerfällig. Das ritterliche Benehmen aber lernte er seit dem Tage, da er im Vorzimmer des erzbischöflichen Sekretariats platziert war und täglich an der Tafel seiner Exzellenz Adhémar de Roussillon Platz nehmen durfte.

Skeptisch schauen die freiheitsliebenden Bürger und Handelsleute von Lyon zur Primatialkirche empor, wo vom Turm wieder einmal die erzbischöfliche Fahne weht: Das Wappen des Primas von Frankreich mit dem grünen Kardinalshut und den dreißig neben dem Stadtemblem herabhängenden Quasten. Was war bei den Hoheiten wieder im Gange?

Die Lyoner meinen noch immer, dass sich ihre Stadt unter diesem Hut nie richtig habe entwickeln können, und haben deshalb schon mehrmals den Aufstand geprobt. Während auf dem Wappen des Primas *„Gaudete in Domino semper! Freuet euch immerdar im Herrn!“* steht, wollen ihm die reichen Bürger der Handelsstadt die Freude mit dem Revolutionsruf *„En avant Lion le melhor* – vorwärts, du besseres Lyon!“ verderben.

Adhémar de Roussillon ist aber nicht der Mann, der sich einschüchtern lässt. Geboren in eine Familie des alten französischen Adels hat er durchaus die Fähigkeiten eines Fürsten, der streng, aber gerecht über seine Untertanen herrscht. Das einfache Landvolk, die Bauern der Umgebung, deren gütiger Lehensherr er war, haben es ihm stets gedankt. Nun kommen sie in Gruppen aus ihren Dörfern und sammeln sich vor dem prächtigen Eingangstor der Primatialkirche Saint-Jean-Baptiste. Denn es hat sich herumgesprochen, dass heute ein spezieller Ritterschlag stattfinden wird. Tatsächlich ist auch der Palast des Erzbischofs festlich geschmückt, denn nur selten wird jemandem aus der geistlichen Umgebung des Kirchenfürsten die Ritterwürde verliehen.

Hanno hat die ganze Nacht in der Palastkapelle verbracht. Er kann es immer noch nicht recht fassen, dass er als armer Bauernbursche, der zufällig als Oblate im heimischen Franziskanerkloster aufgenommen und ausgebildet worden war, nun plötzlich ein angesehener Ritter sein soll. Was würde der verstorbene Vater dazu sagen? Und erst die Mutter? Würde sie sich freuen oder eher klagen, dass er nicht auf dem Pächtershof geblieben war und ihr bei der schweren Stall- und Feldarbeit geholfen hatte?

Hanno kann nicht lange auf dem harten Marmorboden knien, immer wieder gerät er in die Hocke und nickt ein. Aber das Murmeln seines altgewohnten „Nun entlässt du Herr deinen Diener in Frieden“ kann ihn jedes Mal wieder beruhigen.

Er muss ja auch nicht ein Auge „wie ein Luchs“, ein Herz „wie ein Löwe“, die Tapferkeit „eines Ebers“ und den Mut „eines Tigers“ haben, wie man es von den Knappen verlangt, die Ritter werden wollen. Was er braucht, ist eine ruhige Hand, einen klaren Kopf, ein festes Gemüt und ein starkes Gottvertrauen.

In den Morgenstunden wird Hanno gebadet und von einer älteren Amme mit Rosenwasser besprengt. Obwohl ihm die Zeremonie unangenehm ist, lässt er sich von der gleichen Dienerin das knielange rote Gewand über das weiße Unterhemd ziehen. Die wollenen Strümpfe zieht er selber an, in der berechtigten Hoffnung, dass er sich nie die Kettenstrümpfe überstreifen lassen muss,um in den Kampf zu ziehen.

Dann beginnt die Prozession zur Primatialkirche, wo er vom Erzbischof erwartet wird. Vier Ritter ziehen voran und bahnen den Weg durch die Menge der Zuschauer. Hinter ihnen schreitet der bischöfliche Zeremonienmeister, gefolgt von zwei Knappen, die auf einem samtbezogenen Tablett Helm, Gürtel, Schwert und Sporen tragen.

Dann folgt Hanno zu Fuß im ungegürteten roten Festrock, und hinter ihm führt ein weiterer Knappe den schwarzen Araberhengst, den der Primas seinem künftigen Hauptsekretär zum Tag der Ritterwürde zum Geschenk gemacht hat. Es ist kein Streitross, stellt Hanno dankbar fest.

Schon steht der Erzbischof mit Mitra, Bischofsstab und in ein prachtvolles, von der Lyoner Paramentenweberei verfertigtes Pluviale gehüllt, vor dem gotischen Hauptportal.

Der künftige Ritter küsst kniefällig seinen Ring und betritt an der linken Seite seines Herrn die Kirche. Die Domherren von Saint-Jean-Baptiste gehen durch den Mittelgang voran, ihnen folgen die ganze Belegschaft des Erzbischofpalastes und die Vertreter der Stadtzünfte und der Lyoner Kommunen.

Und zu Rechten des Primas schreitet jetzt plötzlich Hochwürden Frater Custos vom Franziskanerkloster in Parma. Offenbar ist Hannos Mentor entgegen seinem Versprechen zu spät in Lyon eingetroffen und hat sich im letzten Moment noch durch die Menge zum Eingang drängen können. Vor der Apsis nehmen die begleitenden Ritter Stellung, je zwei stellen sich links und rechts vor der Treppe hin und halten mit der Rechten ihre Lanzen nach außen. Und jetzt trippelt doch tatsächlich Hannos Ritterpferd durch den Mittelgang und wirft wiehernd den Kopf in die Höhe. Das ist der Moment, wo Hanno sich verlegen mit der rechten Hand durch den rotblonden Haarschopf fährt. Der Knappe aber führt den Rappen wie selbstverständlich bis zur Chortreppe und stellt sich dann mit ihm hinter das Ritterduo an der linken Seite.

Unterdessen sind die Domherren in der Apsis angelangt und haben sich neben der Bischofs-Kathedra hingesetzt. Auch der Erzbischof hat Platz genommen und schaut auf die Gruppe, die nun in würdevoller Haltung vor dem Hauptaltar steht: Hanno in der Mitte, Frater Custos zu seiner Rechten und die Knappen mit den Ritterinsignien zur Linken.

Frater Custos beginnt mit dem Segen der Insignien und wendet sich dann direkt an seinen Zögling:

„Sire Hanno, willst du in des Dreifaltigen Namen den Ritterorden der Lyoner Kreuzritterschaft empfangen und die damit verbundenen Verpflichtungen getreulich einhalten? Wenn du dazu bereit bist, so leg deine rechte Hand auf dieses Evangelienbuch und bekenne laut: Ja, ich will es!"

Nachdem Hanno sein Ja ausgesprochen hat, allerdings vor lauter Rührung leiser, als es Custos erwartete, erhebt sich Erzbischof Adhémar de Roussillon von seinem Sitz und tritt vor den Kandidaten hin. Er nimmt den kostbaren Gürtel, an dem das noch kostbarere Schwert hängt – beides ein Geschenk an den künftigen Ritter – und legt es Hanno um die Hüfte. Er setzt ihm den mit Leder beschlagenen Eisenhelm auf den Kopf und befestigt die goldenen Sporen an den Kurzstiefeln. Dann tritt er einen Schritt zurück. Der Zeremonienmeister gibt ihm das berühmte Schwert des „Maurentöters" Santiago de Compostela in die Hand, das seit 200 Jahren in einem Reliquienschrein der Krypta aufbewahrt wird.

„Ich, Adhémar, zurzeit Primas von Frankreich, schlage dich, Hanno, zum Ritter im Namen Gottes des Vaters, Gottes des Sohnes und Gottes des Heiligen Geistes." Dreimal senkt er das gewaltige Schwert auf Hannos rechte Schulter hinab. „Von jetzt an wirst du Ritter Hanno de Minore heißen und mein rechtmäßiger Hauptsekretär sein."

Muss ich noch erwähnen, dass das gewöhnliche Volk, das den ganzen hinteren Teil der Primatialkirche gefüllt hatte, nach diesen Worten spontan in die Hände klatschte und laut *„Vivat episcopus, vivat Adhémar*!" in die Kirche hinein rief? Und man sieht es den gegerbten und faltenreichen Gesichtern der Landleute an, dass sie ihren Herrn schätzen und nicht nur begeistert klatschen, weil ein dreitägiges Volksfest auf sie wartet.

Und noch jemand freut sich auf das Festessen, das der Erzbischof zu Ehren des neuen Ritters veranstalten wird: Frater Custos aus Parma, der wieder einmal den Kohl- und Rübengeruch seines heimatlichen Klosters loswerden will.

Ad vicesimum quintum:

Im Hof des erzbischöflichen Palastes ist schon ein emsiges Treiben im Gange, als noch das Tedeum durch die Primatialkirche hallt. Die Dienerschaft stellt breitbeinige Holzböcke auf, legt große Bretter darauf und stellt diesen langen Nottischen ebenso lange niedere Holzbänke zur Seite.

Und als die vielen Landleute, die eben noch in der Kirche dem Auszug der ritterlichen Festgesellschaft zugesehen hatten, in den Hof drängen, merkt der Meisterknecht, dass noch lange nicht alle einen Platz finden werden. Er dirigiert daher die beiden kräftigsten Knechte des erzbischöflichen Pachthofes durch das Hoftor nach draußen, damit sie weitere Tische unter den Platanen des Vorplatzes aufstellen.

Unterdessen ist der adelige Festzug schon die breite marmorne Treppe des Palastes hochgegangen und steht jetzt still vor der Eichentür des Fürstensaales. Der Zeremonienmeister öffnet die Türe, die Rittereskorte stellt sich an die Seite und seine Exzellenz Adhémar de Roussillon betritt den festlich geschmückten Saal, gefolgt von seinem Sekretär, Ritter Hanno de Minore aus Parma und dessen Betreuer Magister Custos, ebenfalls aus Parma.

Die Drei schreiten an die Stirne des in Hufeisenform bestuhlten Festsaales und setzen sich auf die hochlehnigen Stühle. An der offenen Seite der Tischformation hat sich bereits eine Musikgruppe hingestellt und beginnt zu spielen, während die Gäste schön geordnet und vom Zeremonienmeister diskret angewiesen an der großen Tafel Platz nehmen.

Die Trommel, die dem korpulenten Spielmann vor der Brust hängt, gibt den Takt vor und das Horn aus Elfenbein bläst eine Jagdmelodie. Der Erzbischof, der ein leidenschaftlicher Jäger ist, kennt diese Töne und bewegt sich im gleichen Rhythmus auf den Ehrensitz zu und nimmt Platz.

Kurz darauf erhebt er sich, weist nochmals darauf hin, zu wessen Ehre dieses Festgelage stattfindet und gibt dem

Zeremonienmeister ein Zeichen, dass nun das Rittermahl beginnen kann.

Wie aus dem Nichts taucht ein Dutzend weißgekleideter Knappen auf, stellt ebenso viele Schüsseln mit roten Kirschen auf die Tische und Schalen mit schneeweißem Brot daneben. Das ist eine selten köstliche Vorspeise, die nicht nur den hungrigen Frater Custos zum Schmatzen bringt. „Danach bekamen wir“, wird Hanno später einer gewissen Gemma von Urslingen erzählen, „junge Bohnen in Milch gekocht. Fische und Krebse, Aalpastete, Reis mit Mandelmilch und gestoßenem Zimt, Aale in einer ausgezeichneten Soße, Torten und Quarkkäse und ein köstliches Mandelgebäck. Auch die üblichen Früchte fehlten nicht. Und alles ward mit Freundlichkeit aufgetragen und emsig serviert.“

Vom Hauptgang aber wird er nichts sagen, um nicht als Schlemmer zu gelten. Denn nach den Fischgerichten wird im Fürstensaal zu Lyon auf großen versilberten Platten noch Wildbret aufgetragen, Hirsch- und Rehpfeffer, fein gewürzt mit einer Knoblauch- und Kümmelmarinade.

Unten im Hof lärmt unterdessen das Landvolk und beginnt bereits übermütig und etwas tollpatschig um den Hofbrunnen zu tanzen. Denn vor dem Tor hat der Meisterknecht ein Weinfass aufstellen lassen, woraus sich jeder nach Lust und Laune bedienen kann. Der etwas säuerliche Weißwein stammt aus dem erzbischöflichen Rebberg am östlichen Rhoneufer. Die Trauben konnten aber letztes Jahr nicht voll ausreifen, da eine allzu lange Regenperiode die ganze Region durchnässt hat. Die Rhone war wieder einmal über die Ufer getreten, hatte den untern Teil des Rebhanges überschwemmt und die untersten Rebstockreihen gar mitgerissen.

Das bekümmerte das fröhliche Völklein aber nicht. Über dem Rebholzfeuer braten die Mägde eifrig gerupfte Wildenten und Ringeltauben, welche die Hofknappen im Hinblick auf das Fest mit Netzen eingefangen hatten. Auch Neunaugen und Störe, die in den Rhonereusen hängen geblieben waren, werden den dankbaren Handwerks- und Bauersleuten auf dem Rost gebraten vorgesetzt. Wenigstens an Festtagen will der Erzbischof seinen hart arbeitenden Untertanen eine Freude bereiten.

Im Fürstensaal ist inzwischen auch emsig gebechert worden. Jeder Edelmann, der einen wohlklingenden Namen trägt, hob seinen Weinbecher und brachte einen mehr oder weniger geistreichen Trinkspruch auf den neu ernannten Ritter an. Adhémar de Roussillon wollte aber den illustren Gästen nicht den eigenen Hauswein zumuten und hatte vor Wochen schon mehrere Fässer des berühmten Weißweins von Auxerre bestellt. Die Weinagentur von Altisiodorum ließ ihm aber ausrichten, dass sie ihre vortrefflichen Weißweine immer nach Paris ausliefern würde und er doch in Beaune (Belna), auch ein berühmtes Weinbaugebiet, nachfragen solle. Und tatsächlich bewegte sich das Weinschiff von Beaune schon nach einer Woche auf der Sâone gegen Süden und lief mit fünf großen Fässern unbeschadet im Hafen von Lyon ein.

Der Primas von Frankreich lässt es sich nun nicht entgehen, auf den speziell goldenen Festwein hinzuweisen und meint, ein guter Wein müsse ein dreifaches B und ein siebenfaches F haben. In Provenzalisch heiße das:

*„El vin **b**on et **b**el et **b**lance,*
***F**orte et **f**er et **f**in et **f**rance,*
***F**redo et **f**ras et **f**romijant."*

Das ist nun auch das Zeichen für die provenzalische Troubadourtruppe, die sich nach dem Hauptgang zu den zwei Jagdmusikanten gesellt hat.

Sofort setzt sie mit einem Loblied auf den Wein ein, unterstützt von einer zirpenden Fidel und einer birnenförmigen Laute. Vorerst in Latein, denn sie geben sich als *vagantes clerici*, gebildete Scholaren auf Wanderschaft:

„Vinum dulce gloriosum
Pingue facit et carnosum,
Atque pectus aperit.

Süßer und glorreicher Wein
lässt uns leibhaft wohlig sein,
öffnet weit und breit die Brust.“

Die ganze Gesellschaft summt mit, als der Fidler zwischen die Tischreihen tritt, sich vor den neu ernannten Ritter hinstellt und zur zweiten Strophe anhebt:

„Vinum forte, vinum purum
Reddit hominem securum,
Et depellit frigora.“

Hanno will sich schon in die Haare greifen, denn er weiß nicht mehr, was *depellit* bedeutet, da flüstert ihm Custos hinter dem breiten Rücken des Erzbischofs zu: „Vertreibt die Kälte.“ Und Adhémar ergänzt schelmisch lächelnd: „Und macht den Mann selbstsicher.“

Der Primas hatte nämlich seit einiger Zeit bemerkt, dass sein künftiger Sekretär zwar über alle Eigenschaften und Fähigkeiten eines Gebildeten verfügt, ihm aber das nötige Selbstbewusstsein noch fehlt.

Da tritt plötzlich etwas Unerwartetes ein: Ein englischer Graf in Kreuzritterrüstung wird vom Zeremonienmeister in den Saal geführt und dem Erzbischof vorgestellt. Er komme von der Burg Canossa der Gräfin Mathilde von Tuscien und sei auf dem Weg ins Heilige Land. Die Gräfin bitte seine Exzellenz um Vermittlung im Falle der Rebellion gegen die Anjou in Unteritalien. Er möge doch im Namen der französischen Kirche beschwichtigend auf das harte Regime der Franzosen einwirken.

Während diesen Worten tragen zwei Knappen eine Bütte aus Tannenholz, in der ein großer lebendiger Lachs im Wasser schwimmt, herein und stellen sie auf ein Zeichen des Grafen vor den Tisch des Erzbischofs hin.

Mathilde von Tuscien ist eine in aller Welt bekannte Hohe Dame, die als Vermittlerin größere Autorität besitzt als etwa die Äbtissin des Klosters von Pontigny. Und wenn der Papst nicht gerade in der Nähe dieses französischen Klosters gewesen wäre, als er den vom englischen König verjagten Thomas von Canterbury standesgemäß unterbringen sollte, hätte er den englischen Erzbischof sicher bei Mathilde in kultivierte Sicherheit gebracht. Sie hatte ja auch die schwierige Versöhnung zwischen Papst Gregor VII. und dem deutschen König Heinrich IV. in die Wege geleitet.

Jedenfalls kennt sie offensichtlich die Vorliebe der edlen französischen Küche für Lachsfisch.

Und wahrlich, Adhémar de Roussillon freut sich über das originelle Geschenk, verspricht, seine in Unteritalien und Sizilien herrschenden Landsleute zur Mäßigung zu mahnen und bittet den Lord, doch neben ihm Platz zu nehmen. Frater Custos rückt etwas zur Seite, und Graf Llelewyn setzt sich auf den Stuhl den ein Knappe ihm zurecht gerückt hat. Alle Augen sind nun eine Zeit lang auf den unverhofften Gast gerichtet, und Magister Custos kann jetzt endlich ungenierter in die vollen Schüsseln greifen. Denn nun wird der Schlussgang serviert, Mandelgebäck und Schalen voller einheimischer und fremder Früchte. Auch der Graf, der sich nur den schweren Eisenhelm abnehmen liess, greift wacker zu, erhebt sich aber nach Kurzem, um nun seinerseits einen Trinkspruch auf den italienischen Ritter Hanno de Minore anzubringen.

Bei den Engländern sei es Sitte, sagt er Hanno zugewendet, dass der Gefeierte das gleiche Maß an Wein – in England sei es leider meistens Bier – austrinke, wie ihm der Gratulant zuproste. Damit hebt er eine kleine Zinnkanne voll starken Burgunderweines gegen Hanno, sagt *„vivat, crescat, floreat eques italicus!*" und leert die Kanne in einem Zug.

Hanno will eben mit seinen Fingern in die Haare fahren, aber Adhémar verhindert es und meint dem Lord gegenüber: *„Durum est assueta relinquere.*" Jeder habe so seine Gewohnheiten, und die aufzugeben sei hart. Weil er aber glaube, der trinkfeste Engländer habe ihn nicht richtig verstanden, fügte er die deutenden Verse hinzu:

„Det vobis piscem Normandia terra marinum;
Anglia frumentum, lac Scotia, Francia vinum."

Wie jeder Mensch, so habe auch jedes Land seine Gewohnheiten und bringe seine Spezialität hervor: Die Normandie sorge für Fische, England spende das Korn, Schottland die Milch und Frankreich den Wein.

Und Hanno, ja, der sei *scriptor* und *pictor*, kopiere Handschriften und male die schönsten Miniaturen. Aber im Trinken sei er der ehemalige asketische Franziskaneroblate geblieben.

Hanno steht darob erleichtert auf, erhebt seinen Zinnbecher gegen den Lord, sagt laut: *„Prosit vobis, Sire!"* und trinkt einen großen Schluck. Graf Llelewyn hat bereits wässerige Augen, und schlagartig erinnert sich Hanno, was Salimbene in seiner Chronik geschrieben hat:

„‚Aussaufen, was eingeschenkt ist' rufen die Engländer. Daher leiden sie an unterlaufenen Augen, weil vom allzu vielen Saufen ihre Augen verdreht, gerötet, triefend und luchsartig sind."

Und als ob der Graf von Wales die Worte Salimbenes noch bestätigen wolle, erhebt er sich abermals in voller Rüstung und brüllt lachend das Spottlied des De Rutebeuf über den Kreuzzug in den Saal:

„Wein trinkt man erst mal ungeheuer/Und streckt berauscht sich aus am Feuer/Dann greift zum Kreuz man mit Hurra/Und sieh, schon ist der Kreuzzug da/Der dann beim ersten Morgenlicht/In wilder Flucht zusammenbricht."

Jetzt ist es Zeit, dass die Troubadours wieder etwas lockere Fröhlichkeit in die dampfende Menge bringen.

„Spielt uns ein Liebeslied!", ruft der lebenslustige Erzbischof den Musikanten zu, „und sucht unserm neuen Ritter eine würdige Dame!" Kaum hat er es gesagt, steht schon ein lockiger Jüngling mit seiner Harfe zwischen den Tischen und beginnt an den Darmsaiten zu zupfen.

„Veni, veni, venias,
ne me mori facias!
Pulchra tibi facies,
Oculorum acies,

Capillorum series –
O quam clara species!
Rosa rubicundior,
lilio candidior,
omnibus formosior,
semper in te glorior!"

„Komm, o komm, o komme doch!" Im Geheimen hat sich Hanno schon oft ein schönes Mädchen gewünscht; eines mit feurigen Augen, lockigen Haaren und einer hübschen Figur, mit roten Lippen und lilienweißer Haut; einfach schöner als alle anderen, sodass er ewig stolz auf sie sein könne.

Aber bis jetzt war er immer zu schüchtern gewesen. Adhémar hat recht, er muss sich den Stolz eines Ritters aneignen.

AD VICESIMUM SEXTUM:

In der Übersetzerschule von Toledo

In der ehemaligen Moschee der Iglesia del Christo de la Luz beugten sich die Gelehrten über verschiedene Datensammlungen, die auf dem großen Tisch unter der Hauptkuppel ausgebreitet waren. Nach kurzer Diskussion über die Aufteilung der heutigen Kontrollarbeit setzte sich jeder an seinen Arbeitsplatz, um die Daten und Berechnungen der arabischen Astronomen nachzuprüfen.

Hier hatte sich schon der Hofastrologe Friedrichs II., Michael Scotus, die Tabellen des syrischen Mathematikers und Astronomen Al-Battani über das Sonnenjahr vorgenommen. Aber im Grunde war er nicht so sehr an den Modifikationen des ptolemäischen Systems interessiert, die dieser Gelehrte in Damaskus errechnet hatte, ihn bewegte mehr der Einfluss der Gestirne auf das menschliche Handeln. Daran war nämlich der Kaiser vor allem interessiert. Er wollte von diesem Geistlichen aus Schottland wissen, wo Hölle, Fegfeuer und Paradies zu lokalisieren seien und welches der günstige Zeitpunkt sei, um einen Krieg zu beginnen oder einen Nachkommen zu zeugen.

Der jetzige Gelehrtenkreis war hingegen mit Begeisterung daran, diese Toledaner Tafeln zu verifizieren oder dann zu korrigieren. Alfons X. von Kastilien und Leon hatte 40.000 Dukaten ausgesetzt und den traditionsreichen Bau del Cristo de la Luz den besten arabischen, jüdischen und christlichen Astronomen seiner Zeit zur Verfügung gestellt.

Die Leitung des Arbeitskreises hatte Jehuda Ben Mose, der jüdische Leibarzt und Astronom am Hofe Alfons des Weisen, persönlich inne. In jahrelanger Arbeit entstand ein astronomisches Werk mit Tabellen zur Berechnung der Stellung von Sonne und Mond und der fünf klassischen Planeten Merkur, Venus, Mars, Jupiter und Saturn. Das waren nun die Tabulae Alfonsinae, die das Sonnenjahr auf 365 Tage, 5 Stunden, 49 Minuten und

16 Sekunden berechneten und somit die *Tabulae Toletanae* um gut 2 Minuten korrigierten.

Die im Kastilischen geschriebenen und später ins Lateinische übersetzten Alfonsinischen Tafeln galten von nun an als das astronomische Standardwerk.

Eines Tages meldet sich ein junger Ritter bei Jehuda Ben Mose. Nicht etwa in der Übersetzerschule, die König Alfons in einem der beiden Nordtürme seines Palastes untergebracht hat, sondern ausgerechnet in der Astronomenstätte.

Die Leser ahnen es schon, es handelt sich um den parmesischen Ritter Hanno de Minore, der von Lyon mit der Handelsbarke „Sancta Maria de Lion" in Valencia gelandet, mit seinem Knappen die alte Römerstraße bis Fuentiduena de Tajo geritten ist und auf dem Tajo schließlich Toledo erreicht hat.

Aber was will denn um Gottes und aller Heiligen willen Hanno unter den gelehrten Astronomen?

Nun, es war vorauszusehen, Hanno, nicht wahr? Du warst ein pflichtbewusster und äußerst fleißiger Sekretär, aber ein Petrus de Vinea konntest du nicht sein. Die Untersekretäre lachten über dein holpriges Latein und dein schwerfälliges Auftreten. Du warst völlig auf ihre Hilfe angewiesen, wenn ein Vertrag aufgesetzt oder eine wichtige Sitzung des Erzbischofs mit seinen Vasallen vorbereitet werden sollte. Und wenn sie dich gar auf der Jagd sahen, wie du auf dem hochbeinigen Araberhengst wie auf einem Ackergaul hocktest, purzelten sie vor Lachen fast selber von ihren Pferden.

Du hast dich in deiner Rolle nie richtig wohlgefühlt und mit der Zeit immer mehr Kompetenzen abgegeben und endlich die Leitung des Sekretariats ganz dem Ersten Untersekretär überlassen. Adhémar de Roussillon sah diesem Vorgang anfangs misstrauisch zu. Er hatte diesen galanten und arroganten Höflingen ganz bewusst dich, den naturverbundenen und doch künstlerisch begabten Italiener, vor die Nase setzen wollen.

Jetzt hatte er seine Höflinge im Verdacht, dass sie dich mit Absicht im Stich ließen, um selbst die Ehrenposition eines Ersten Sekretärs einzunehmen. Dann aber ließ er es doch zu, dass du dich immer häufiger ins Atelier der Miniaturenmalerei zurückzogst.

Da warst du wieder in deinem Element, bist erneut aufgeblüht und hast im Laufe eines Jahres das altfranzösische Stundenbuch bebildert, das der Erzbischof in Toledo bestellt hatte. Nicht das Stundenbuch selbst hast du mit Miniaturen illustriert, sondern du hast ihm gleichsam als Prolog einen Kalender vorangestellt mit Illustrationen zu den Monatsarbeiten.

Du erinnerst dich, Hanno: Den Mai hast du mit einer Beizjagd dargestellt. Dein Erzbischof reitet auf einem grauen Pferd und hält einen Falken in der rechten Hand. Doch hast du dabei etwas vergessen, weißt du noch? Der fürstliche Jäger hat lachend darauf hingewiesen, dass er immer einen Handschuh an jener Hand trage, die den Falken halte.

Im Juli hast du einen Bauern dargestellt, der mit einer Sichel das Getreide schneidet, und zwar oben knapp unter der Ähre, wie du aus Erfahrung weißt. Dass er einen breitkrempigen Hut tragen muss, ist bei dieser Hitze auch klar. Aber im August trägt der Bauer den gleichen Hut, wenn er mit dem Dreschflegel auf die Garbe einschlägt. Wahrscheinlich willst du ihn vor dem aufsteigenden Staub schützen.

Und im September trägt der Winzer wiederum diesen gelben Hut, geht aber in die Knie, um die zuunterst hängenden Trauben zu ernten. Das Winzermesser sieht ganz anders aus als die Getreidesichel. Man sieht, du weißt Bescheid über die Arbeiten des Landmannes.

Adhémar de Roussillon hatte wieder ungeteilte Freude an seinem künstlerischen Ritter und auch die Sekretäre bekamen zum ersten Mal Respekt beim Anblick dieser prachtvollen Miniaturen.

Wer aber die Idee hatte, für das erzbischöfliche Sekretariat von Lyon eine Miniatur-Weltkarte oder einen Weltatlas zu beschaffen, wussten sie später nicht mehr.

Jedenfalls wurde bald darauf Hanno mit seinem Knappen auf die Reise geschickt. Er sollte sich bei den berühmten Astronomen des Königs Alfons des Weisen in Toledo umsehen.

Nun steht er also im Astronomiezentrum der Iglesia del Cristo de la Luz. Das Empfehlungsschreiben des Primas von Frankreich hat ihm Tür und Tor geöffnet, sodass der Meister Jehuda Ben Mose selbst die wichtigsten kartografischen Unterlagen auf einem Tisch ausbreitet.

Zuerst legt er ihm ein Pergamentblatt vor, das Zeit und Raum zusammenfasst: Schemata der Geografie, Astronomie und Zeitmessung auf einem Blatt!

Oben sieht man links den verdunkelten Mond, rechts den Regenbogen. Darunter in der Mitte befindet sich die Erde als Rechteck, von dem Kreise ausgehen. Die Berührungspunkte sind jeweils kräftig rot markiert. Sie repräsentieren den Sonnenlauf zum Zeitpunkt der Sonnenwenden und der Tag- und Nachtgleichen. Im unteren Teil des Blattes sind links die Klimazonen des Erdkreises dargestellt, rechts die Anzahl Tage, die jeweils die Planeten brauchen, um die Erde zu umkreisen. In der Mitte sieht man die auf- und absteigende Bahn der Sonne im Jahresverlauf.

Für Hanno ist das alles zu abstrakt. Vergebens hat er auf der „Erde" nach Lyon oder Parma gesucht, nicht einmal Jerusalem ist eingezeichnet.

Auch die Darstellung der Welt in den „Etymologiae" des Isidor von Sevilla, die ihm nun Jehuda vor Augen legt, will offenbar die geografischen Verhältnisse gar nicht genau bestimmen. Seinem Herrn und den verblüfften Sekretariatsleuten möchte er aber eine Weltkarte vorlegen, auf der sie mit dem Finger auf den gesuchten Ort zeigen könnten.

Wohl oder übel muss Hanno den ursprünglichen Plan, eine exakte Weltkarte zu kopieren und fachmännisch als Miniatur einzufärben, aufgeben. Außer er wolle selber eine solche Karte herstellen, meint der Hofarzt und Astronom Alfons des Weisen und nickt dem jungen Ritter aufmunternd zu. Mithilfe der Zeichnungen und Berechnungen der hier forschenden Mathematiker und Astronomen sollte das möglich sein. Hanno überlegt kurz, fährt sich mit der Rechten durch die Haare und meint dann, er wolle es wenigstens versuchen und schon morgen mit den Vorarbeiten beginnen.

Beim Abendessen an der königlichen Tafel Alfons des Weisen kommt er sich dann wie in der berühmten Artusrunde vor, nur dass hier auch zwei Damen um den runden Tisch sitzen, die Königin und eine junge Prinzessin, wie er glaubt. Der kecke Knabe, der unruhig an der rechten Seite der Königin sitzt, wird wohl der Thronfolger sein. Und dass sein Knappe ohne weitere Formalitäten ins königliche Bedienungspersonal aufgenommen worden war, hat Hannos wachsendem Ritterbewusstsein gut getan.

Offenbar hat ihn das Empfehlungsschreiben seines Erzbischofs als überragenden Künstler dargestellt, sodass der König ihn immer an der Abendtafel haben will und in den ersten Tagen auch etwa einen Besuch im Arkadenbau der Astronomen macht.

Die Vorarbeiten, von denen Hanno gesprochen hat, sehen aber nicht so aus, wie es sich der gelehrte Jehuda vorgestellt hat. Er vertieft sich nicht etwa in die Rechentabellen der Mathematiker, sondern widmet sich von Anfang an den geometrischen Zeichnungen der Astronomen, welche die Bahnen der Planeten und ihre Entfernung von der Erde nachzeichnen.

Von der alten Sehnentafel des Ptolemäus wird er zu einer ersten eigenen Skizze angeregt, die dem König so gut gefällt, dass er sie als farbige Miniatur sehen will.

Hanno macht sich unverzüglich ans Werk. Seine Vorzeichnung zeigt einen Astronomen, der nachts durch ein Fernrohr zum Himmelspol hinaufschaut, um so die Uhrzeit zu bestimmen. Die Erdkugel stellt er mit einem grünen Doppelkreis dar, wo oben am inneren Kreis der Polarstern als roter Punkt erscheint. Der Sterngucker liegt am unteren Rand auf dem Rücken, hält sein rot skizziertes Fernrohr vor die Augen und deutet mit dem Zeigfinger der linken Hand auf die beobachtete Abweichung, die ein anderer durch die Nacht wandernder Stern vom Himmelspol zeigt.

Auch Jehuda, der Hofastronom, ist erstaunt über die feine Miniaturkunst seines neuen Mitarbeiters. Mit seinem scharfen Auge hat er natürlich bemerkt, dass der Sterngucker Hanno selbst ist und dass dieser – ein bezeichnendes Detail – seinen linken Fuß in knallrotem Lederschuh über den Erdkreis hinaus übermütig ins Weltall hineinstreckt. Er wird seinem König mit Freude melden können, der italienische Ritter habe mächtig an Selbstsicherheit gewonnen.

Alfons der Weise kann das auch selbst feststellen, als er die Sterngucker-Miniatur zu Gesicht bekommt. Er ist begeistert, dass er in seiner Residenzstadt Toledo nicht nur die bedeutendsten Astronomen und berühmtesten Übersetzer unter Vertrag hat, sondern jetzt auch noch wie zufällig zu einem hervorragenden Miniaturenmaler gekommen ist.

Hanno hat bis in die große Zehe hinunter das Wohlwollen des Königs gespürt. Und wenn er nach intensivem Kunsthandwerk seinen Tag mit dem obligaten „Nun entlässt du Herr deinen Diener in Frieden" abschließt, weiß er selber nicht genau, ob er mit „Herr" nun den lieben Gott oder Alfonso El Sabio meint. Er fühlt sich in dieser Umgebung so wohl, dass mit der Zeit auch sein ursprünglicher Auftrag, eine Weltkarte zu zeichnen, in den Hintergrund tritt. Er wird dem erzbischöflichen Hof dafür einen Festkalender bescheren, der auch die lokalen Marienfeste von Lyon berücksichtigt.

Dafür müsste er aber seine Tierzeichnungen vervollständigen, denn er will mit dem Dreikönigstag beginnen. Die drei Könige – einer davon wird selbstverständlich Alfonso sein – sollen mit ihrem ganzen Gefolge zur Krippe ziehen. Und das Gefolge will Hanno jenem Prachtaufzug angleichen, den der Chronist Salimbene mit dem Auftreten des Kaisers Friedrich II. verbindet. Er muss sich also mit dem Gestalten von Elefanten, Dromedaren, Löwen, Tigern und Affen befassen und die Ausstattung orientalischer Könige mit ihrem Hofstaat studieren.

Ad vicesimum septimum:

Auf der Suche nach eventuellen Vorbildern oder Vorzeichnungen geht er in die Übersetzerschule, die sich in einem Turm des Alcazar befindet. Er hofft nämlich, in irgendeiner Bilderbibel Tierzeichnungen und die höfische Gesellschaft des alten Palästina zu finden. In der obersten Turmstube, von der man weit in die Lande hinaussieht, stehen große Regale mit ledergebundenen Codices an den Wänden.

Unter den vier Lukarnen, die das Tageslicht in den Raum bringen, sitzt je ein älterer Herr an einem großen Pult in seine Arbeit vertieft. In der Mitte der Schreibstube steht ein schwerer Mahagonitisch mit sechs Stühlen. An diesem Tisch diskutiert gerade eine jüngere Hofdame mit einem jüdischen Gelehrten, als Hanno die Stube betritt. Mit Erstaunen stellt er fest, dass die Dame, die ihm sofort entgegenkommt und sich nach seinem Anliegen erkundigt, die Prinzessin von der königlichen Abendtafel ist.

Sie lächelt, als sie sein Anliegen vernimmt, und meint, da würde er sich am besten in den verschiedenen Tierzoos des italienischen Lucera umsehen. Erst jetzt bemerkt Hanno, dass die Prinzessin ihn in Italienisch angesprochen hat. Er macht sich aber nicht weiter Gedanken darüber, oft werden ja die Königstöchter in den Sprachen der benachbarten Regionen oder Länder ausgebildet. Wenn sie dann dahin verheiratet werden, bringen sie als willkommene Mitgift zugleich die Sprache ihres künftigen Ehegemahls mit.

Der jüdische Gelehrte mit Namen Isaak Ben Sid, wie Hanno nachher von Jehuda vernahm, kennt sich offenbar in der Wandbibliothek besser aus als die Prinzessin. Sofort steht er auf ein kleines Podest und greift einen Band heraus, dessen Rücken die Inschrift „*Caeli signa*“ trägt.

In diesem Buch der Sternbilder, meint der bärtige Mann zu Hanno, werde er sicher ein paar Tierbilder finden. Da er das Buch nicht mitnehmen darf, setzt sich Hanno an den Tisch und beginnt zu blättern, während der Gelehrte und die Prinzessin am andern Ende des Tisches ihr Gespräch fortsetzen.

Hanno findet bald eine Seite, auf der auf feinem Pergamentpapier ein Krebs, ein Löwe und ein Stier abgebildet sind. Sofort macht er sich daran, den Löwen respektive die Löwin mit einem Kohlestift auf ein gewöhnliches Blatt Papyrus abzuzeichnen. Genau nach der Vorlage entwirft er das gefürchtete Raubtier mit schmalem Kopf, herausgestreckter Zunge und erhobenem Schwanz auf einem Felsen zum Sprung ansetzend. Den Krebs braucht er nicht zu kopieren, der passt nicht zum imponierenden Aufzug des Kaisers; der wird ihm höchstens auf der Speiseplatte vorgesetzt.

In seinem Eifer bemerkt er gar nicht, wie die Prinzessin ihn auch während des Gesprächs mit Isaak Ben Sid insgeheim beobachtet. Mit wenigen, sicheren Strichen kopiert er das Sternbild und staunt nur, dass man in dieser Konstellation der Sterne, die mit einem roten Punkt markiert sind, die Gestalt eines Löwen sehen kann. Das ist dann beim Krebs ganz anders. Da zeigen die roten Punkte wirklich die beiden Scheren, den spitzen Kopf und die auf beiden Seiten nach außen kraxelnden Beine.

Bevor Hanno die Schreibstube verlässt, will die Prinzessin seine Zeichnung sehen. Er stellt das Buch ins Regal zurück und legt das Blatt vor sie hin. Sie sagt nichts, lächelt ihm einfach zu, und er steigt mit rotem Kopf die schmale Holztreppe hinunter.

In den nächsten Tagen wird er immer wieder in die Turmstube hinaufsteigen, um aus einem arabischen Bestiarium und einer lateinischen Bilderbibel, wo der Einzug der Tiere in Noahs Arche dargestellt ist, seine Anregungen zu holen.

Innerhalb eines Monats ist das erste Blatt des Festkalenders, der Tag der Heiligen Drei Könige, auf Pergament entworfen und in den Miniaturfarben grün, blau und rot auf goldenem Untergrund gemalt: Der Zug der Drei Könige auf goldener Straße zum goldenen Stern der nahen Bambushütte, in der das neugeborene Jesuskind in einer Krippe liegt.

Voran reitet Balthasar, der aber aussieht wie der Kaiser Federigo Secondo auf seinem Rappen, dem „Drachen". Ihm folgen nebeneinander Caspar, der einen Turban trägt, in Aussehen und übriger Kleidung aber Alfons dem Weisen gleicht, und Melchior, der an seiner Mitra als Erzbischof von Lyon erkennbar ist. Dem königlichen Trio folgen Pagen in bunt gestreiften Tuniken und Bedienstete in ockerfarbenen Hosen und mit Falken auf den Stulpenhandschuhen. Auf den Rücken der folgenden Jagdpferde krallen sich die berühmten Jagdleoparden fest, die Augen von einer Kappe verdeckt. Nun folgt ein Sicherheitstrupp: Elefanten mit Holztürmen, in denen sarazenische Bogenschützen sitzen und grimmig nach allen Seiten Ausschau halten. Die Hauptsensation trottet hinterher, eine riesige Giraffe führt die ganze Menagerie an: Dromedare, Löwen, Luchse und all die flatternden exotischen Vögel. Den Schluss bildet die große Gruppe der Packpferde mit ihren Treibern. Sie tragen des Kaisers Bibliothek, Pergamentrollen, das ganze Magazin der kaiserlichen Kanzlei und in einer eisenbeschlagenen Truhe die Geschenke der drei Könige: Weihrauchkörner, Goldbarren und eine Amphore mit getrockneter Myrrhe. Hinter ihnen sichert eine Rotte sarazenischer Reiterei den ganzen Zug ab.

Auf die Frage des Hofprälaten, ob Friedrich II. wirklich würdig sei, den Zug der Heiligen Drei Könige anzuführen und dabei sein ganzes heidnisches Gefolge mitzubringen, weiß Ritter Hanno de Minore vorerst keine Antwort. Alfons der Weise aber erweist sich einmal mehr als der Salomon Spaniens. Schweigend hat er Hannos Dreikönigsminiatur, die man im Esssaal auf einer Staffelei zur Begutachtung hingestellt hatte, betrachtet und ist dem ganzen Zug von vorn bis hinten in allen Details nachgegangen. Schließlich meint er, in diesem Bild sei der Weg aller drei Religionen deutlich vorgezeichnet: Alle drei verehren eine übermächtige Gottheit. Die Juden einen allmächtigen Jahwe, die Muslime einen allmächtigen Allah und die Christen einen allmächtigen Pantokrator. Diese göttliche Allmacht werde durch ihre irdischen Stellvertreter in diesem imposanten königlichen Aufzug repräsentiert. Mit den verschiedenen Menschenrassen – Alfons zeigt auf die arabischen Pferdeführer und die schwarzafrikanischen Tierbändiger – und den Tieren aus allen Weltteilen ziehe gleichsam die ganze Schöpfung zur Krippe. „Und was werden sie dort tun? Dort werden die drei Stellvertreter ihres allmächtigen Gottes vor einem ohnmächtigen Kind niederknien. Niederknien in der plötzlichen Einsicht, dass das der wahre *kyrios* ist, der seine Macht in der absoluten Machtlosigkeit offenbart."

Hanno steht etwas ratlos neben dem Hofprälaten. Die philosophische Deutung des Königs ist ihm zu hoch. An so etwas hat er bei der Skizzierung des Dreikönigszuges nicht einmal im Traume gedacht. Auch der Hofprälat meldet seine Bedenken an. „Hoheit", sagte er, „im Fall des Königs Caspar, in dem Ihr Euch wohl unschwer erkannt habt, wird das sicher so sein, aber ich glaube nicht, dass Kaiser Friedrich vor dem Kind in die Knie gegangen wäre."

„Ich weiß", antwortet Alfons, „dass man im Kaiser – *requiescat in pace* – gar den leibhaftigen Antichrist sah und ihn in die unterste Hölle verdammte, aber kennen wir denn das Innerste eines Menschen und kennen wir gar die Gedanken Gottes? Meine Gedanken sind nicht Eure Gedanken, heißt es doch in der jüdisch-christlichen Bibel. Für mich bleibt Federigo Secondo ein faszinierender Herrscher, aber einer, der nicht etwa die Gerechtigkeit oder königliche Milde und Großzügigkeit zur herrscherlichen Haupttugend machte, sondern alles auf Treue einschwor. Das aber bedingt in allen Situationen eine persönliche Beziehung, sogar zu den Dingen. Eine Sache, die ich nicht sehen oder hören, berühren, schmecken oder riechen kann, existiert nicht. Einen Gott, den ich nicht sehen oder erfahren kann, gibt es nicht.

Wer weiß, wenn Kaiser Friedrich II. das Christkind hätte sehen oder gar in die Arme hätte nehmen können, wie er selbst einst von der Herzogin von Spoleto in die Arme genommen worden war, ob er dann nicht die Treue seines Gottes erlebt und in Demut das *„Kyrie eleison"* der Untertanen des einstigen griechisch-römischen Kaiserreiches gesprochen hätte."

Die Worte des königlichen Gutachters machen auf die ganze Hofrunde, die sich vor der Staffelei eingefunden hatte, großen Eindruck.

Den Ritter Hanno de Minore beeindruckt besonders, was Alfonso von der Treue des Kaisers gesagt hat. Treue als Haupttugend, das ist doch das Fundament allen Rittertums. Insgeheim aber wartet er gespannt auf das Urteil der Prinzessin. Sie hat immer mit Interesse seine Zeichnungen verfolgt, als er in der ersten Woche den Einzug der Tierpaare in Noahs Arche aus einem Codex abzeichnete. Jetzt musst er einen Grund suchen, um wieder einmal in die Turmstube hinaufsteigen zu können. Die Prinzessin ist zwar auch unter den Hofleuten, welche um die Staffelei herumstehen, als der König das Werk begutachtet. Aber sie entfernt sich nachher mit den anderen, und er kann ihr doch nicht nachrennen.

Endlich kommt ihm in den Sinn, dass sein Erzbischof letztes Jahr ja ein Stundenbuch in provenzalischer Sprache aus der Toledaner Übersetzerschule erhalten hatte. Er könnte die Prinzessin fragen – wieso ist sie eigentlich immer in der Turmstube? – ob dieses Stundenbuch aus dem Lateinischen übersetzt worden sei. Er habe nämlich – kann er dann als Grund seines Kommens anführen – diesem Toledaner Werk einen Kalender mit den Monatsarbeiten vorangestellt.

Die Prinzessin scheint ihn schon erwartet zu haben. Jedenfalls ist sie nicht überrascht, als sie plötzlich den rötlichen Blondschopf über dem obersten Tritt auftauchen sieht. Sie lobt seinen Dreikönigszug und meint, er hätte in der exotischen Prozession auch noch ein Einhorn mitlaufen lassen können. Es hätte als Sinnbild auf die Reinheit und Keuschheit Marias in der Hütte hingewiesen. Fast hätte sie hinzugefügt, dass es in der arabischen Welt des Ostens aber auch Sinnbild der männlichen Zeugungskraft sei.

Hanno antwortet nichts. Nur als die Königstochter seine Elefanten kritisiert, sie sähen aus wie Löwen mit einem Elefantenkopf, fährt er sich durchs Haar. „Ich konnte sie ja nicht so groß darstellen, wie etwa der Kampfelefant Friedrich II. war, den Salimbene offenbar auch mit eigenen Augen gesehen hat. Sonst hätten sie wie die Giraffe und die Dromedare keinen Blick in die niedrige Bambushütte werfen können."

Die Prinzessin merkt, dass Hanno in Bezug auf die Elefanten empfindlich ist, und wiederholt nochmals ihr Gesamtlob. Tatsächlich ist das kluge und mächtige Tier für den traditionellen Miniaturenmaler der große Bezwinger des dämonischen Drachen und aller Geschöpfe des Teufels. Und die sprichwörtliche Treue des Elefanten erinnert ihn nach Alfonsens Eloge zusätzlich an das Treue-Credo des verstorbenen Kaisers.

AD DUODETRICESIMUM:

Die Prinzessin ist gerührt ob diesem offenen Bekenntnis des Ritters in erzbischöflichen Diensten und bekennt nun ihrerseits, dass sie nicht die Königstochter ist. Im Auftrag des Königs von Neapel sei sie nach Toledo gekommen, um in der Übersetzerschule das Kapitel über die Maria Magdalena in der „Legenda Aurea" aus dem Lateinischen ins Languedoc zu übertragen.

Karl von Anjou, der König von Neapel und Sizilien, wolle nämlich dem auf dem Jakobsweg bekehrten Erzbischof von Arles diese Geschichte einer großen Bekehrten zum Geschenk machen.

Jetzt endlich weiß Hanno, wieso er seine Prinzessin immer nur in der Turmstube und an der königlichen Abendtafel sieht. Für ihn bleibt sie trotzdem weiterhin die unerreichbare Schöne, wie sie in den bekannten Minneliedern besungen wird. So muss denn Gemma von Urslingen selber die Annäherung an den scheuen Ritter in Gang setzen. Er geht ihr nämlich seit seinem ersten Erscheinen nicht mehr aus dem Kopf und ist jetzt bereits daran, vom Kopf ins Herz vorzudringen.

Ja, Gemma, die arabische Welt von Lucera hat dich lange fasziniert. Mit der Zeit musstest du dir aber eingestehen, dass du eine Fremde geblieben bist. Für dieses fleißige Gewerbestädtchen warst du stets die verständige Vertreterin ihres unverständigen fremden Herrn und Königs. Du konntest weder auf der einen noch auf der anderen Seite mit Verständnis rechnen. Und so hast du schließlich dem König Karl deinen Missionsauftrag zurückgegeben, sehr zum Leidwesen der Königin.

Königin Beatrice verhalf dir aber prompt zu diesem neuen Auftrag. Sie war es, die den herrischen Erzbischof von Arles wieder mit dem Haus von Anjou versöhnen wollte. Und was war besser geeignet, einen weltlichen Geistlichen versöhnlich, ja freundschaftlich zu stimmen als ihm einen einträglichen Wallfahrtsort zu verschaffen?

Du, Gemma, hast die Voraussetzungen geschaffen, hast die Wundergeschichte der Maria Magdalena in die Sprache der Provence übersetzt. Du hast erzählt, wie Maria von Magdala mit Maria des Kleophas, Marta und Lazarus von Bethanien und Maximin in Palästina von christenfeindlichen Juden auf ein segelloses Schiff ausgesetzt, im französischen Fischerdorf Saintes-Maries-de-la-Mer an Land getrieben wurde und dort mit Maximin und ihrer schwarzen Dienerin Sara das Land zu missionieren begann. Nach vielen Wundertaten starb sie in Aix, wurde dort begraben und über ihrem Grab stiftete Karl von Anjou respektive Königin Beatrice die Magdalenen-Wallfahrtsstätte. So kam der Erzbischof von Arles, Bernard de Languissel, zu einer florierenden Wallfahrtskirche und der König von Neapel und Sizilien zu einem willfährigen Vasallen.

Vorläufig ist aber Gemma immer noch an der Übersetzung der Magdalenen-Geschichte aus der „Legenda Aurea". Und Hanno soll ihr dabei helfen. Das ist ihr neuer Plan. Hanno soll ihre Erzählung mit einer oder zwei feinen Miniaturen illustrieren. Das würde dann ein wunderbarer Geschenkband für den kunstsinnigen Bernard de Languissel.

In den folgenden Wochen sieht man die beiden sich einträchtig an einem Doppelpult in der Turmstube gegenübersitzen. Hanno hatte seinen Erzbischof in Lyon in einem kurzen Brief, den er dem königlichen Kurierdienst übergeben konnte, um Erlaubnis gebeten, noch länger in Toledo bleiben zu dürfen. Er werde aber den Festkalender so bald wie möglich zu einem befriedigenden Ende bringen. Das hatte er zwar nicht im Sinne; aber muss denn sein gütiger Herr jetzt schon alles über seine Zukunftspläne wissen?

Neben dem Doppelpult steht ein kleines Tischchen, auf dem Hanno die üblichen Malutensilien bereitgestellt hat. Als Erstes soll er ein Porträt der Maria Magdalena entwerfen, so hat es Gemma gewünscht. Das ist auch sein Wunsch; nur möchte er sie nicht, wie überliefert, als rothaarige Verführerin oder reuige Büßerin darstellen. Seine Mutter hatte ihn schon vor rothaarigen

Frauen gewarnt und nicht daran gedacht, dass auch er – wie übrigens Kaiser Friedrich II. – einen buschig rotblonden Haarschopf trug.

Für Hanno ist Maria Magdalena eine Heilige, eine große Liebende, vielleicht die einzige, die unsern Herrn vorbehaltlos geliebt hat. Er will sie deshalb in der Art der östlichen Ikonenmalerei darstellen. Als unnahbare, wundertätige Frauengestalt. Aber er kann sie doch nicht auf ein Holzbrett malen, sie soll ja das Pergamentbüchlein eröffnen, das Gemma für den Erzbischof von Arles übersetzt. So beginnt er zu experimentieren. Wie bei der Miniatur bringt er zuerst die Vorzeichnung auf ein verdorbenes Pergamentblatt: Als byzantinische Hofdame mit weißem Kopfschleier und weißem Schultertuch schaut die Hagia Maria Magdalena dem Betrachter entgegen. Den Kopf umgibt ein leuchtender Heiligenschein, in der rechten Hand hält sie einen Henkelkrug mit Salböl und stützt das Gefäß von unten mit der Linken. Ganz symmetrisch wirkt das schmale Gesicht mit der langen feinen Nase, dem kleinen Mundstrich und den winzigen anliegenden Ohren. Dicke Striche bezeichnen die Falten ihres Überwurfs, den Hanno nach der Glockenkasel entwirft, die der Hofprälat bei der Messfeier trägt.

Und jetzt? Bringt er auf dem Pergament die besondere Transparenz zustande, die jede Ikone gleichsam vom Innern her durchleuchtet? Erträgt das Pergament die Übermalung mit immer helleren Farbschichten?

Hanno hat es gewagt, und es ist gelungen. Seine Magdalena schaut zwar etwas streng in die Turmstube hinein, aber das helle Rot ihres Mantels und das leuchtende Gold ihres Heiligenscheins heben die Strenge etwas auf. Besonders die beiden rotblonden Zöpfe, die so locker auf das Schultertuch fallen, machen sie gar echt menschlich-sympathisch, meint Gemma.

Die zweite Illustration will Hanno aber wieder in seiner gewohnten Miniaturtechnik machen. Sie soll die Szene zeigen, wie Maria Magdalena mit ihrer Schwester Martha, ihren Gefährtinnen, ihrem Bruder Lazarus und dem Jünger Maximin in Saintes-Maries-de-la-Mer an Land steigt.

Um sich inspirieren zu lassen, liest er den ersten Teil der Magdalena-Geschichte im Originallatein der „Legenda Aurea“ nach und guckt dann zuweilen auch in das Übersetzungsmanuskript von Gemma hinein, die den ersten Teil bereits ins Provenzalische übertragen hat.

Und wie er da liest, dass Lazarus in Palästina sich dem Kriegsdienst widmete (*plus militiae vacaret*), bevor er auf dem Meere ausgesetzt wurde, ist für Hanno eines klar: Er wird Jesu besten Freund als Ritter aus dem Schiff steigen lassen. Aus einem kleinen Schiff, das aussieht wie eine Nussschale und dessen Mastbaum gebrochen und die Segel zerfetzt sind. Zusammengedrängt hockt die kleine Schar der Flüchtlinge im arg havarierten Boot. Nur Ritter Lazarus de Bethania steht aufrecht in seinem Ritterhabit und stößt mit seiner Lanze als Ruder das Flüchtlingsschiff an den Strand von Saintes-Maries-de-la-Mer.

AD UNDETRICESIMUM:

700 Jahre später.
Es ist nicht ganz klar, was der Historiker und Mythenforscher Frédéric Languissel in Arles sucht. Will er das schlechte Image seines Urahns, des einstigen Erzbischofs von Arles, in der Geschichte retuschieren oder wenigstens etwas aufbessern? Oder will er – wie schon viele andere vor ihm – sich um die Deutung der Kapitell-Reliefs im Kreuzgang von St-Trophime kümmern?

Jedenfalls steht er jetzt vor jenem Säulenkapitell, das ihn offenbar besonders interessiert: Es stellt einen Elefanten dar, der auf dem Rücken ein fürstliches Paar trägt. Wie kommt ein Elefant in den Hauptort der Provence, und wer sind die Beiden auf dem Elefantenrücken?

Professor Languissel macht sich auf, um in der Stadtbibliothek eine Antwort zu finden. Aber da wird er von Stichwort zu Stichwort, von der mehrbändigen Stadtgeschichte zum Sammelband der Kunstdenkmäler geführt, und immer noch weiß er nicht Bescheid. Schließlich weist ihn die Sekretärin im Lesesaal auf einen Heraldikband hin, der die Wappen der Provencefürsten und jene des angrenzenden Savoyen zeigt. Und tatsächlich findet er da ein einziges Beispiel von einem Wappenelefanten. Der Siegelring des Grafen Tommaso I. di Savoia (1177–1233) zeigt einen erhabenen Elefanten. Also hinein in die Geschichte des Königreichs von Arelat, Abteilung Grafschaft Provence.

Frédéric Languissel ist ein ungeduldiger Forscher, aber wenn er einmal einen verheißungsvollen Geschichtsstrang in Händen hat, lässt er ihn nicht mehr los. Da rangelt er sich daran in die Jahrhunderte hinein und findet wie Theseus am Faden der Ariadne auch wieder aus dem historischen Labyrinth hinaus.

So entdeckt er denn bald, dass Tommaso mit der sowohl schönen wie intelligenten Beatrice von Genf verheiratet war, die ihm acht Söhne und zwei Töchter gebar. Die Tochter Beatrice heiratete Raimund Berengar V., Graf der Provence. Und deren Tochter, wieder mit Namen Beatrice, Alleinerbin der Provence, wurde durch die Heirat mit Karl von Anjou Königin von Neapel und Sizilien.

Ist also der Elefant als Abdruck des vererbten Siegelrings auf offiziellen Dokumenten nach Arles gekommen?

Jetzt lässt der Professor nicht mehr locker. Er will bei der letzten Beatrice de Provence, der Königin von Neapel und Sizilien, ansetzen.

Die Hartnäckigkeit von Frédéric Languissel hat sich gelohnt. Er findet das Tagebuch der Königin. Nicht in der Stadtbibliothek von Arles, sondern in jener von Aix. Hier in Aix hatte die glanzvolle Heirat mit Karl von Anjou stattgefunden, und hieher wurde die Königin nach ihrem Tode in Neapel auch feierlich überführt und in der Gruft der Grafen der Provence in der Kirche St.-Jean-de-Malte beigesetzt. In der Bibliothek der ehemaligen Malteser Komturei findet denn Languissel auch das königliche Tagebuch.

Eigentlich ist es kein Tagebuch, eher das persönliche Protokoll der Beatrice de Provence über ihre Tätigkeit und ihre persönlichen Beziehungen als Königin von Neapel und Sizilien. Da es in Provenzalisch geschrieben ist, muss der Historiker hie und da einen Sprachwissenschaftler beiziehen.

Darin nun findet er Notizen, die nicht nur die damalige politische Situation in Unteritalien und Sizilien kennzeichnen, sondern auch das jeweilige Eingreifen der Königin offenlegen.

Von einer Islammission einer gewissen Gemma von Urslingen ist die Rede. Wie umständlich diese gewesen sei und letztlich auch erfolglos, obwohl die königliche Botschafterin alle Voraussetzungen für einen glücklichen Ausgang gehabt hätte. Wie sie dann diese hochgebildete Hofdame in die Übersetzerschule Alfons des Weisen von Toledo mit einem neuen Auftrag geschickt habe.

Dieser neue Auftrag hat aber offenbar sein Ziel auch nicht erreicht. Die „Geschichte der Maria Magdalena“, die dem von Compostela zurückgekehrten Erzbischof von Arles, Bernard de Languissel, als Anerkennungsgeste für seinen Bußgang zugedacht war, hat dieser offensichtlich als Beleidigung empfunden. Den

Vergleich mit der Bekehrung der großen Sünderin hat er gar nicht goutiert. Und so fand er es auch nicht nötig, nochmals zur Abtei von Montmajour hinaufzusteigen, um jetzt den großen Pardon zu erlangen. Die von Beatrice gestiftete Magdalenen-Wallfahrtsstätte aber hat er – machtgierig wie vor dem Jakobsweg – gerne in seinen Besitz genommen.

Frédéric Languissel verliert beim Lesen zusehends das Interesse an seinem ehrgeizigen Vorfahren.

Vor allem, als er weiter unten liest, dass Erzbischof Bernard schließlich auf Antrag von Karl von Anjou und in Absprache mit seinem Bruder Ludwig IX., König von Frankreich, von Papst Honorius IV. abgesetzt und in das Kloster von Vezelay verbannt wurde.

Er ist deshalb froh, dass Königin Beatrice wieder vom Schicksal seines Urahns ablenkt und wie nebenbei ihre Lektüre von „Lancelot und Ginevra" erwähnt und diesen Liebesroman noch über jenen von „Tristan und Isolde" stellt.

Weiter hinten kommt sie wieder auf Gemma und die Übersetzerschule von Toledo zu sprechen. Offenbar hat Gemma in Toledo einen jungen Ritter kennengelernt. Jedenfalls würden ihre periodischen Depeschen an den Hof von Neapel teilweise wie Liebesbriefe klingen, notiert Königin Beatrice.

Und einmal gibt Beatrice sogar wörtlich einen Gemma-Bericht wieder, der vom besagten Ritter stammen soll und die Überführung des toten Kaisers nach Palermo beschreibt:

„Als Friedrich 1250 im Schloss Fiorentino starb, trugen seine Sarazenen auf ihren Schultern den Leichnam ihres Sultans zu Fuß vom Schloss über Tarent nach Palermo zur letzten Ruhestätte."

Im Norden spricht man von Nibelungentreue, im Süden muss man von Sarazenentreue sprechen, murmelt der Mythenforscher Languissel vor sich hin. Und wenig später trifft er wieder auf eine unerwartete Nachricht: Gemma von Urslingen sei mit Erlaubnis des Königs von Neapel und dem Segen Alfons des Weisen nach Palermo abgereist. In ihrer Begleitung hätte sich nur jener Ritter, Hanno de Minore, mit seinem Knappen und ihre eigene Kammerzofe befunden.

Zwei Monate später – Beatrice nennt das Datum vom Martinitag a.D. 1283 – wurde ein zweiter wörtlicher Bericht von Gemma ins Tagebuch übernommen: „Wir haben uns unter der Kuppel der Capella Palatina im Normannenpalast verlobt. Und zwar im Aufblick zum Kuppelmosaik, auf das uns der Hofkaplan aufmerksam machte und dabei die Stola über unsere ineinander gelegten Hände schlang. Umringt von acht Erzengeln schaut Christus der Pantokrator auf seine Schöpfung herab. ‚Die Welt ist der Schemel meiner Füße', lese ich in der Kreisinschrift. Und Hanno ist aufgefallen, dass vier der Erzengel als kriegerische Ritter gekleidet sind.

Nach der Zeremonie haben wir die Grabstätte Friedrich II. im Dom besucht. Ganz ergriffen standen wir zwischen dem prächtigen Porphyrdenkmal des staufischen Kaisers und dem antiken Marmorsarkophag seiner ersten Gemahlin, der Costanza von Aragon. Diese mütterlich besorgte, vornehme Frau muss er besonders geliebt haben. Sonst sei er den Menschen eher misstrauisch oder dann anmaßend gegenübergetreten, schreibt Hannos Chronist Salimbene. Dabei schaute Hanno auf die stilisierten Löwen, die Friedrichs Porphyrsarkophag tragen. Und nun war es interessant: Ihm kamen die Menschen, welche die Löwen in ihren Tatzen hielten, zufrieden vor, ja gleichsam wohlbehütet im Schutz der majestätischen Tiere. Mir aber schien es, als würden sie sich ängstlich zwischen den Pranken hinducken."

Frédéric Languissel kennt die Staufer Grabkapelle im Palermer Dom auch, aber dass die Löwen Menschen in ihren Pranken halten, ist ihm noch nie aufgefallen. Nun beginnt ihn das weitere Schicksal der beiden Verlobten zu interessieren. Königin Beatrice hat die *promessi sposi* dann offenbar zurückbeordert und ihnen eine neue Aufgabe übertragen. Zuerst aber wurde Hochzeit gefeiert, mit allem Pomp, dessen der Anjou-Hof von Neapel fähig war.

Doch am Morgen des Hochzeitstages geschah etwas Außergewöhnliches. Plötzlich tauchte auf dem Hofplatz, wo man sich eben zum Hochzeitszug richtete, ein dunkelhäutiger Junge auf, der einen großen Elefanten an einem Hanfseil führte. Es sei das Hochzeitsgeschenk des Kadi Ali Hassan von Lucera für seine verehrte Botschafterin Domina Gemma von Urslingen. Alles Volk klatschte und rief, dass das Hochzeitspaar den Zug auf dem Elefanten anführen müsse, und zwar ohne Turmsessel. Und so geschah es. Mithilfe des Dieners schwang sich Hanno auf den Rücken des Elefanten. Gemma aber bestieg graziös ein kleines Podest und setzte sich hinter Hanno im Damensitz auf den grauen Rücken. Jetzt musste sie sich aber doch bei Hanno anklammern, als sich der Elefant zu bewegen begann und das Volk erneut in Jubel ausbrach.

Später waren die beiden auf einmal im Schloss der Grafschaft Provence. Nicht etwa im Beratergremium des Erzbischofs Bernard de Languissel. Dieser hatte seine weltliche Herrschaft verloren und war nach seiner Besinnungszeit im Kloster Vezelay auf die bloß geistliche Führung der Diözese zurückgestuft worden.

Hanno und Gemma waren das neue Herrscherpaar der Grafschaft, von Königin Beatrice eingeführt und von Karl von Anjou bestätigt. Eigentlich müsste man sagen: Gemma und Hanno. Denn auf dem neuen Wappen der Grafschaft, das nur noch auf einem Kapitell des Kreuzganges von St. Trophime ersichtlich ist, sitzt Gemma vorn auf dem Elefanten und lehnt sich an den hinter ihr sitzenden Hanno. Gemma war die Regentin und Hanno ihr unentbehrlicher Staatssekretär. Gemma und Hanno, noch lange lebten sie im Gedächtnis der Provence fort. Und wenn nicht Rudolf von Habsburg, der neue Kaiser des Heiligen Römischen Reiches, die reichsentfremdete Provence zurückgefordert hätte, wären sie bestimmt auch weiterhin in Macht und Würde geblieben.

Der Autor

Der Autor Xavier Stalder kennt nicht nur die antike Kulturwelt. Aus speziellem Interesse hat er sich auch in die Literatur des lateinischen Mittelalters vertieft und auf Studienreisen und in Bibliotheksstunden die historischen Daten überprüfen können. Vor diesem Hintergrund hat er die Lebensgeschichte des Miniaturenmalers Hanno erzählt, komponiert aus Dichtung und Wahrheit.